Sonya
ソーニャ文庫

薔薇色の駆け落ち

水月青

JN174692

イースト・プレス

contents

プロローグ

胸騒ぎがして、ニーナは目を覚ました。

部屋の中はまだ暗く、夜明け前だと分かる。

「今日もみんなが無事に過ごせますように。それと、今日こそはルカ様が私に笑いかけてくれますように」

毎朝の祈りを早口で済ませてから、足音を立てないようにベッドから下りて部屋を出た。

昼間は暖かいけれど、夜から早朝にかけて少し冷え込む季節になった。ニーナは自分の体を抱き締めるようにして足早に進む。

廊下の窓の外は真っ暗に見えるが、昔から夜目がきくニーナには、庭に整然と植えられている木々や深藍色に染まっていく空が確認できた。

すべてが呑《の》み込まれてしまいそうな漆黒《しっこく》の闇《やみ》の向こうから、うっすらと光が差し込むこの瞬間が好きだ。

太陽が半分以上顔を出す頃には、屋敷の使用人たちが働き始める。隣町の伯爵家で使用人をしている知り合いは夜明け前に起き出すと言っていたが、男爵家の人たちは起きるのも寝るのも遅いので、ここの使用人たちは彼らに合わせているのだ。

男爵家の侍女であるニーナも時間になれば持ち場につかなければならない。けれどその前に男爵の子息であるルカの様子を見に行こうと思った。

昨日、ルカは腕に切り傷を負った。傷は深くはないが、彼は自分のことに無頓着《むとんちゃく》なところがあるため、勝手に包帯《ほうたい》を外してしまっているかもしれない。

切り傷は清潔にしていないと化膿《かのう》して大変なことになる。それを分かっていながら、包帯は大袈裟《おおげさ》だと言って外したがるのだ。もし外していたら傷に薬を塗《ぬ》り直して、包帯をしっかりと巻いておこう。

この時間ならルカはまだ寝ているだろう。胸騒ぎの原因は、彼がまた熱を出して魘《うな》されているからかもしれない。

ニーナがルカの寝室に忍び込むのは初めてではなかった。最初は、体の弱い彼が高熱を出した時だった。平気なふりをして人払いした彼を放っておくことなどできず、ニーナはこっそりと看病をしたのだ。

侍女が雇《やと》い主の息子の寝室に勝手に忍び込むなんて、解雇《かいこ》されても仕方がない行為である。けれどルカは、文句を言いながらも許してくれた。

その後も度々《たびたび》、怪我をしたり熱を出したりしたルカの看病をした。自分のことは放っておけ、と言い続けていたルカも、次第に何も言わなくなっていった。だから今回も、ニーナが勝手に手当てや看病をしても許してくれるはずだ。

ルカはとにかく怪我が多い。ニーナは、そんなルカが心配で仕方なかった。

なるべく物音を立てないように廊下を進み、二階奥にあるルカの部屋の前に到着した。扉の取手《とって》に手をかけ、慎重《しんちょう》に力を込める。その瞬間、部屋の中からゴトゴトと何かが動く音がした。

こんなに早い時間にルカが起き出すことはまずない。もしかして、具合が悪くて朦朧《もうろう》とするあまりベッドから落ちてしまったのだろうか。そう思ったら、居てもたってもいられなくなった。

「ルカ様！」

ニーナは勢いよく扉を開け放った。

素早く部屋の中に視線を走らせると、大きなピアノの向こう側にあるバルコニーへ続く窓が全開になっていることに気がついた。直後、バルコニーの手すりに足をかけているルカを発見する。

彼の白金の髪の毛が、薄暗い空に溶け込むようにぼんやりと光って見えた。それがさらりと揺れ、ルカが振り返る。

長い前髪の隙間《すきま》から瞳が覗き、目が合ったと思ったら、彼は手すりの上に飛び乗った。

「っ!!」

本能的に体が動いた。全速力で駆け出したニーナは、必死に手を伸ばしてルカの体に抱き着く。そのままこちらに引っ張るつもりだったのに、勢いがつき過ぎたのか、ルカの体が手すりの向こうにぐらりと傾いた。

「またかっ！」

苦々しい声が頭上から聞こえた刹那《せつな》、ルカが自分の体からニーナを引き剝《は》がそうとしたのが分かった。しかしニーナは絶対に放すまいと腕に力を込める。

その結果、ルカと一緒にニーナの体も手すりを越えた。

一瞬の浮遊感の後、温かいものに包まれる感覚がして、ニーナは咄嗟《とっさ》に目を瞑《つむ》った。

ドッ……！　と重い音がし、全身に衝撃が走った。

「……くっ……」

苦痛の声を上げたのはルカだった。

慌てて顔を上げ、ニーナを守るように抱き締めてくれているルカを見る。

「大丈……!?」

声を上げようとしたニーナの口元が瞬時に何かに覆われた。ルカの手だ。彼は顔を顰《しか》め

て首を振る。

喋《しゃべ》るな、ということだろうか。

ピアノを弾《ひ》くのが得意なルカの手は、指が細長く女性的なのに筋張《すじば》っていて、ニーナの顔の半分以上を隠してしまうくらい大きかった。

彼はニーナの腰に回したほうの腕に力を入れて素早く立ち上がると、建物の陰へとニーナの体を引きずっていく。

ルカは周りを見回した後、ニーナから体を離し、ぎろりと睨《にら》みつけてきた。

「君は……俺を殺す気か」

やっと聴《き》けた声は、囁《ささや》くように小さかった。それでも、高級な楽器のような低く心地好い彼の声は、じんわりとニーナの全身に染み渡る。

「申し訳ございません、ルカ様。庇《かば》ってくださってありがとうございます。お怪我はありませんか？　指は大丈夫ですか？」

深々と頭を下げると、ルカは不機嫌な顔で「全身打撲《だぼく》だ」とぼやいた。そう言いつつも、指は無事だと証明するように手を見せてくれる。

怒りが含まれていても、彼の声は甘く響いた。

ニーナはルカの声が好きだった。声だけではなく、彼の何もかもが好きだ。器用にピアノを弾く細い指も、運動をしていない割には筋肉質な腕も、男らしい広い胸も、持て余すほどに長い足も、咄嗟に身を挺《てい》して庇ってくれる優しいところも。

もちろん、顔も好きだ。下唇のほうが厚い色っぽい口も、筋の通った鼻も、きりりとした眉も。整った顔の中でも特に好きなのは、普段は長い前髪で隠れていることが多い、くっきり二重の憂《うれ》いを帯びた目だ。

間近で見ると、左右の瞳の色が違うことが分かる。右が榛色《はしばみ》で左が黄緑色の美しい瞳は、至近距離で見つめなければ色の違いに気がつかないほどに似た色をしている。

そういえば、その瞳のことを知ったのは、ルカと初めて会った日だった。

目の前にある綺麗な色合いの双眸を見つめながら、ニーナは二年前のことを思い出していた。

一章

今から二年と少し前に、ニーナは生まれた村を出た。

九歳の時に両親を流行《はや》り病で亡くしたニーナは、それから数年間、親戚中をたらい回しにされた。どの親戚も決して裕福ではなく、ニーナはいつも朝から晩まで働き、少ない賃金をコツコツと貯め、十五歳になった時、一人で男爵家のあるこの町に出てきたのだ。

今にも壊れそうな家を借り、町で一番大きな食堂で雑用をしながら初めての一人暮らしを始めた。

不安だらけだったが、幸運にも隣の大きな家の夫婦はとても親切で、引っ越しの挨拶《あいさつ》に行った時、たまたま休暇で実家に帰っていた娘のヴィオラも紹介してくれた。ヴィオラは美人なのに気さくな女性で、休暇中はニーナを妹のように可愛がってくれた。

男爵家で働いていたヴィオラは、事情を知るとすぐにニーナを使用人として雇ってくれるよう男爵に掛け合ってくれた。彼女のおかげで、ニーナは十五歳にしてまともな仕事に就くことができたというわけだ。

そして、男爵家の侍女として働くことになったその日のこと。

男爵と男爵夫人、そして嫡男《ちゃくなん》のフランソワに挨拶をし終えたニーナに、同僚となったヴィオラが言った。

「次はルカ様にご挨拶よ」

「ルカ様？」

男爵家の家族は三人だけだと思っていたニーナは、その名に首を傾げる。するとヴィオラは、整った眉をほんの少し寄せながら頷《うなず》いた。

「ええ。この家のご長男のルカ様。離れに住んでいらっしゃるの。私たちはルカ様のお世話をするのが仕事なのよ」

「ご長男なのに、離れに？」

ヴィオラの言葉に、ますます疑問が募《つの》る。

先ほど挨拶をした時は、フランソワが嫡男だと聞いた。だから男爵家は三人家族だと思っていたのだ。

「お体が弱い方だし……いろいろと複雑な事情があるのよ。口外しないようにときつく言われているから詳しくは説明できないけど、そのうちニーナも内情が分かってくるわ」

顔を曇《くも》らせたヴィオラに、ニーナは戸惑いながらも頷いた。

家庭にはそれぞれの事情がある。ニーナは身に沁みてそれが分かっていた。

使用人が家主の家庭内事情を探ろうとするものでもない。ニーナはただ仕事をこなせばいいだけなのだ。

本邸と渡り廊下で繋がっている離れに移動し、二階の一番奥にある部屋の前で止まったヴィオラは、軽くノックをして中に声をかけた。

すると扉の向こうから何か音がして、小さな声が聞こえた。それが入室を許可する声なのかニーナには判断できなかったが、ヴィオラは慣れた様子で扉を開けた。

「失礼いたします。ルカ様、新しく入った……」

ニーナを紹介しようとしたヴィオラの声が途切れた。

不審に思って彼女の視線の先に目をやると、そこには太陽の光を反射させてキラキラと輝く何かがあった。それが、バルコニーの手すりに足をのせた人物の白金の髪の毛だと理解するのに数秒かかった。

直後、ニーナは反射的にバルコニーへ駆けた。手前にあるピアノが邪魔だったが、それをひらりと躱《かわ》し、気づいた時には、〝ルカ様〟らしき青年に思い切り抱き着き、「早まらないでください！」と叫んでいた。

しかし、ニーナが勢いよく抱き着いたせいか、彼はぐらりとバランスを崩《くず》した。

「あっ！」と思った時にはすでに遅く、二人の体はバルコニーの外側へとせり出していた。

「うわっ……！」

「え……!?」

青年の焦《あせ》りの声と、ニーナの驚きの声が重なった。

直後、ひゅうっと風が頬を切り、体が宙《ちゅう》に投げ出される。

ニーナは咄嗟に、青年の体をぎゅっと強く抱き締めた。守らなければと思ったのだが、反対に頭を抱えるようにして抱き込まれてしまった。

「ルカ様！　ニーナ！」

ヴィオラの悲鳴が遠のく。

痛みに耐えるべく体を強張《こわば》らせたニーナだったが、ドサッ……！　と鈍い音がしても思っていたほどの痛みはなかった。

「つっ……！」

小さな呻《うめ》き声とともに、ニーナから青年の腕が外れる。

慌てて体をずらすと、ルカの長い前髪は横に流れていて、苦痛に歪《ゆが》みながらも美しいその顔を間近で見ることとなった。閉じられていた瞼《まぶた》がゆっくりと開かれ、黄緑色の瞳がニーナの姿をとらえる。

――綺麗な色……。

その瞳の色が印象的で、ニーナはまじまじと見つめた。

「……何？」

青年が慌てて両目を隠すように前髪を整えたので、ニーナははっと我に返った。

「え、ええと……生きています……よね？」

こんな状況で彼の顔……というか瞳に見惚れていたなんて言えず、まずは無事を確認する。本当は怪我がないかを訊こうと思ったのに、動揺して変な質問をしてしまった。

すると青年は、前髪の隙間からじとっとニーナを睨んだ。

「殺されかけたけど」

そうだ。ニーナが余計なことをしたから、無理な体勢で落ちてしまったのだ。そもそも二階から落ちても頭から落ちない限り死ぬことはないだろう。冷静になって考えれば分かるが、今にも飛び降りそうだった彼を見たら、勝手に体が動いていた。

「飛び降りるつもりなのかと思って慌ててしまいました。申し訳ございません！　お体は大丈夫ですか？　骨が折れていたりとか……！」

焦りのあまり、ニーナは青年の体をペタペタと無遠慮に撫《な》でまわす。体が弱いと聞いていたので、もしかしたら骨も脆《もろ》いかもしれないと思ったのだ。しかし彼は顔を顰めてそれを制した。

「ひどい怪我はしていない。……そっちは？」

青年は自分の体を動かして確認した後、ニーナの体に視線を走らせた。

「おかげさまで、どこも痛くありません」

感謝の言葉を告げると、彼は無言で小さく頷いた。立ち上がる時も手を貸してくれて、汚れを軽く払ってくれる。

素っ気ないけれど、優しい人だ。

「何？」

不機嫌そうに見下ろされて初めて、不躾に彼を凝視していたことに気がついた。またしても彼の瞳に見惚れていたのだ。

彼は隠そうとしているのかもしれないが、背が低いニーナは彼を見上げるようになるので、綺麗な両目が見えやすい。

「瞳の色が、右と左で違うのですね」

お礼よりも先に、そんな言葉が口をついて出た。

青年は驚いたように目を見開き、ニーナからさっと視線を逸《そ》らした。

「……よく気がついたな。今まで母しか気づかなかったのに」

「え？　こうして近づけば誰でも気づくと思いますけど……」

彼の意外な言葉に、ニーナは首を傾げる。

確かに、よく見ないと気がつかないほどに似た色をしているが、光の加減で微妙な色の違いは分かる。

「これに気づくほど近づく人間なんていないから」

ぼそりと告げられた事実に、ニーナは彼の孤独を知った。

親近感。

不意に、そんな感情が心に浮かんだ。

この感情が徐々に変化していき、やがて大きくなっていくのをこの時のニーナは知る由もなかった。

その後、血相《けっそう》を変えたヴィオラが二階から下りてきて無事を確認され、ニーナは改めて自己紹介と謝罪をした。

その時に、当時十五歳だったニーナよりルカのほうが三つも年上だと聞いて驚いた。彼は今と違ってひょろひょろとした体をして童顔だったので、ニーナと同じくらいか少し年下だと思っていたのだ。

ルカはそれからすぐに自室へ戻って閉じこもってしまったが、ニーナは彼のことが頭から離れずにしばらくぼんやりとしていた記憶がある。

あの時、ルカが本当に飛び降りようとしていたのかはいまだに分からない。彼は何も言わなかったし、ニーナも突っ込んでは訊かなかった。

出会いがそんな感じだったからか、ニーナは時間があればルカの傍にいるようになった。

体が弱くて儚《はかな》げなルカが心配だった。誰かが一緒にいて世話を焼かないと生きていけないのではないかと思ったのだ。

彼の傍にいるようになってからまだ二年しか経《た》っていないが、その二年間、ニーナは誰よりも彼に話しかけて世話を焼こうとした。

ルカは誰にも会わずに独りで部屋にこもっていることが多いので、他の使用人たちは早々に彼とのコミュニケーションを断念したらしい。

「ルカ様は人嫌いだから、適度な距離を保つのが一番」

みんな口を揃えてそう言ったが、ニーナは違った。

「ルカ様、良い天気ですよ。お散歩でもしませんか？」

「ルカ様、庭に薔薇《ばら》が咲きました。後で一緒に見に行きませんか？」

「ルカ様、顔色が悪いです。今日は横になっていてください。子守歌でも歌いましょうか？」

ニーナがそんなふうにしつこいほどに構っていたら、最初のうちは「しない」「行かない」「いらない」と一言しか発しなかったルカも徐々に話してくれるようになり、「君はうるさい」「もう少し静かにしていられないのか」「……もういい」と文句を言いつつも、いつの間にか傍にいることを許してくれていた。

そのうえ、会話中は目を合わせてくれるようにもなったのだ。話す内容はたいしたことはないが、ニーナの言葉に応えてくれるだけで嬉しかった。

それに、一人でいる時にしか弾かなかったピアノも、ニーナの前ではたまにだが弾いてくれるようになった。

「ピアノを弾いてください、ルカ様」

「嫌だ」

「ルカ様のピアノが聴きたいです」

「嫌だ」

という会話を九回繰り返した後。

「ルカ様のピアノが聴きたくて仕方がありません」

「……少しだけだぞ」

と、お願い十回目にしてようやく重い腰を上げて弾いてくれるので、ごく稀《まれ》と言ってもいいくらいだったが、それでも彼のピアノが間近で聴けるのは嬉しかった。

ピアノを弾いてくれるようになってから、ルカとの距離が縮まったように感じていた。ルカがニーナに心を許してくれている。そんな気がしたのだ。

けれど、ルカとの距離が縮まれば縮まるほど、彼の孤独がどれほど深いのかを思い知ることとなった。

ルカの体の傷の原因――それはすべて彼の父である男爵の暴力だ。

父親からの暴力、知らないふりをする家族、腫《は》れ物に触れるように接する使用人たち。

そんな状況で誰かを信用できるわけがない。彼が人間嫌いになるのは当然だ。

だから、ニーナはずっと彼と一緒に屋敷から逃げ出したいと思っていた。いつかは自分が彼を連れ出すのだと心に決め、コツコツと貯金もしていた。

それほどにルカのことを好きになったのは――いつだろう。覚えていない。

けれど、きっかけになった出来事は覚えている。

あれは、ニーナがルカを追いかけるようになるもっと前……初日にバルコニーから一緒に落下した日の数日後のことだった。

ルカが男爵に暴力を振るわれている現場を初めて目撃したのだ。驚いたニーナは慌てて止めに入った。

「おやめください!!」

「邪魔をするな!!」

両手を広げて男爵とルカの間に入ると、顔を真っ赤にした男爵がニーナを乱暴に突き飛ばした。

ニーナは勢いよく床に倒れ込んだが、すぐに、ニーナを守るようにルカが男爵の前に立ちはだかった。

だが、その一連の出来事の何もかもが気に入らないといった様子で男爵はさらに激怒して、ルカに花瓶《かびん》を投げつけた。

ガシャン……！　と音を立てて花瓶は割れ、破片《はへん》がルカの肩に突き刺さる。

シャツに血が広がっていくのを見て、ニーナは大きく目を見開いた。

「ルカ様……！　早くお医者様を……!!」

慌てて止血をしながら叫ぶと、男爵がすぐさま怒鳴《どな》った。

「医者を呼ぶことは許さん！」

それだけ言って、男爵は足音荒く本邸に帰って行った。怪我をしたルカを一度も振り返ることなく。

「誰か！　お医者様を！」

男爵がいなくなった後、言いつけを破って医者を呼ぼうとしたニーナをルカが止めた。

「呼ばなくていい。面倒くさいことになるからな。俺は大丈夫だ。君は何も見なかった。いいな？」

ルカがそう言ったのは、医者を呼ぶと男爵がルカにもっとひどい仕打ちをするからだろうと思った。そうだとすれば、ニーナも押し黙るしかない。

「それより、君の傷は大丈夫か？」

ルカは自分のことよりもニーナの傷を心配した。ニーナは手に小さな擦り傷があるだけだったが、自分の怪我よりひどい怪我でも見るような目で彼はその傷を見ていた。

その時、不意に気づいた。ルカが医者を呼ぶのを止めたのは、男爵の折檻《せっかん》からニーナのことを守ろうとしてくれたからなのだと。

そして分かった。

背が低く太り過ぎで動きの鈍い男爵なんて倒そうと思えばすぐに倒せそうなのに、ルカは男爵に一切抵抗も反撃もしなかった。しかも自分のことよりも使用人の怪我に心を痛めている。

ルカの優しさは、彼自身ではなく他人にばかり向けられているのだ。

その出来事の後も、彼の優しさに何度も触れるようになって、ルカが素直に自分に優しくしないのならニーナが彼に優しくしようと思うようになった。

同情ではなく、自然とルカに優しくしたくなった。それはきっと好きだからだ。

いつの間にか好きになっていて、冷たくされても気にしなくなって、優しくされる度に嬉しくなって、ただずっと一緒にいたいと思うようになっていた。

――なるべく長くルカ様と一緒にいたくて、部屋の掃除や怪我の手当てに時間をかけたのよね。

懐《なつ》かしい気持ちで過去を思い出していると、突如、すぐ近くでがさっという音がしてニーナははっと我に返った。

ニーナがぼんやりとしている間に、ルカが何かを持ち上げていた。

「ルカ様、その荷物は何ですか？」

ルカは大きな荷物を肩にかけていた。それに、着古したシャツとズボンの上にフードのついた茶色のマントを羽織《はお》っているし、普段使いではない頑丈《がんじょう》なブーツを履いている。まるでこれから家出をするかのような出で立ちだ。

「どこへ行くのですか？」

返事がないルカに重ねて質問すると、彼は「別に」とそっぽを向いた。

「別に、じゃないですよ、そんな大荷物で！　それにこの着古した服にマント！　旅人みたいじゃないですか！」

「うるさいな。大きな声を出すな」

騒ぐニーナの口を、ルカは再び手で塞《ふさ》いできた。迷惑そうな顔だ。

ニーナはルカの荷物をがしっと摑《つか》み、半眼でじっとルカを見つめる。理由を話してくれるまでこの手を放さない、という意志を込めて。

その無言の圧力に屈したのか、ルカは大きなため息を吐いた。彼はニーナのしつこさを知っているのだ。

「少し……遠出する」

ぼそぼそとした声量なのは、言いたくない気持ちの表れだろうか。

ニーナは口元を塞いでいるルカの手をばっと引き剝がすと、勢いよく挙手した。

「私も一緒に行きます！」

「駄目だ」

即答だった。本気で嫌がっているのが分かったが、そんなことで引くニーナではない。

「一緒に連れて行ってくれないと大声を出しますよ。いいのですか？　そろそろみんな起き出す頃だから、すぐに人が駆けつけますけど」

使用人が起き出す前に動き始めていたということは、誰にも知られずに出かけたかったのだろう。普段ルカが起きるのは今から数時間後なので、それまでは彼の不在は気づかれない。

だから、今誰かに駆けつけられると困るに決まっている。

ニーナは彼の荷物を握ったままの手を左右に揺らし、「どうしますか？」と問う。するとルカは先ほどよりも大きなため息を吐き出し、半ば諦めの表情になった。

「君は使用人のくせに図々しい」

それを了承の言葉と受け取り、ニーナはにっこりと微笑《ほほえ》む。

「ルカ様にだけ、特別です。ルカ様だって、私にだけは言葉遣いが乱暴じゃないですか」

それって特別だからですよね？　ともじもじするニーナに、ルカは冷たく言い放った。

「君が鬱陶《うっとう》しいからだ」

このつれなさが良いのだ。

「私たちの仲だからということですね」

ルカの言葉を自分なりに解釈すると、彼は呆れ顔になった。

しかし、何を言っても糠《ぬか》に釘《くぎ》だと思ったのか、ルカは親指をくいっと立てて使用人の部屋がある方角をさし、話を変えた。

「本気でついてくる気なら、必要なものを用意してくればいい」

「分かりました！」

ニーナは笑顔で頷き、ルカの荷物から手を放して自室へ駆け出す。

「すぐに戻ってこなかったら置いて行く」

後ろからそんな忠告が聞こえてきたので、ニーナはさらに急いだ。

ニーナの部屋がある使用人棟《とう》は、ルカが住んでいる棟のすぐ裏にある。足の遅いニーナでも全速力で走れば数分で戻ってこられるはずだ。

部屋に着くと、同室のヴィオラはまだ寝入っていた。なるべく音を立てないように移動してベッド脇《わき》に置いてある麻袋を持ち上げる。ちゃんと背負えるように紐《ひも》を取りつけたその麻袋の中に入っているものがニーナの私物のすべてだ。

親戚の家にいた頃は私物を持つ余裕もお金もなかったので、麻袋一つ分とはいえ自分のものが増えたのはニーナにとっては贅沢《ぜいたく》なことだった。ヴィオラからのお下がりが半分、自分で買った服や日用品が半分という割合だが。

これまでヴィオラにはたくさんお世話になった。仕事を教えてくれたのも彼女だし、女性としての嗜《たしな》みも処世術も彼女から学んだ。

両親亡き後、こんなにもニーナに良くしてくれたのは、ヴィオラとヴィオラの両親だけだ。……いや、もう一人いた。

幼馴染《おさなな じ》みのクロだ。彼は物心ついた頃からずっとニーナの傍にいてくれた。両親がいなくなった後も、親戚の家で働き詰めだったニーナを心配して何度も会いに来てくれて、それはお世話になる家が替わっても続いていた。ニーナは彼のことを本当の兄のように思っていた。……けれど、心の拠り所だったクロも、ニーナが十二歳の時に落馬事故で死んでしまった。

両親もクロも、心を通わせた人はみんな死んでしまった。何度名前を呼んでも二度と会えない。悲しくて苦しくて、自分の体の一部がごっそりと抉り取られるようなあんな思いは二度としたくなかった。

だから、恩人であるヴィオラとも一線を引いていた。

ルカとも一線を引かないといけない。彼と二人でここを出るなら、これまで以上にはっきりと。この気持ちにも……。

いつの間にか、暗い考えに嵌《は》まっていることに気がついて、ニーナははっとして首を振った。

紙にペンを走らせてから部屋を出て、物音に気をつけながら先ほどの場所へ戻る。すると、そこにルカの姿はなかった。

「ルカ様……」

悔《くや》しいが想定内だ。親切にその場で待っていてくれる人ではないのだ。

ニーナは彼の居場所に当たりをつけて、裏門から塀《へい》の外側に回って角を右に曲がった。建物から死角になる場所だ。

思った通り、そこにルカがいた。いつの間に用意したのか、静かに佇《たたず》む馬の背に荷物を載せている。

「ルカ様！　やっぱり、置いて行くつもりだったのですね！　そうはさせませんよ！」

素早く馬に近づき、ニーナは自分の荷物も鞍《くら》に積んだ。

「声がでかい」

冷ややかに注意される。

「すみません。でも、ルカ様が約束を破ろうとするから！」

ニーナは素直に謝罪したが、文句も忘れなかった。

「……早かったな」

置いて行きたかったのに、とルカの顔に書いてある。

「私の荷物はこれだけですから。着替える時間がなかったから、ちゃんとマントも持ってきたのですよ。この使用人服では旅人に見えませんからね」

「……そうか」

得意げに胸を張りながら使用人服の上に深緑色のマントを羽織るニーナに、ルカは素っ気なく頷いた。ニーナの話なんて真面目に聞いていない彼は、馬の顔を撫でている。馬とコミュニケーションを取るために、乗る前に彼が必ずすることだと聞いたことがあった。

気持ち良さそうに目を細める馬をしげしげと見つめ、ニーナは首を傾げた。

「ところで、この馬はどうしたのですか？　男爵家の馬ではありませんよね？」

見た目重視で集められた男爵家の馬とは違い、足が太くて体力がありそうな馬だった。茶褐色《ちゃかっしょく》で四肢の先端に向かって黒くなっている、町でよく見かける種類の馬だ。

ニーナの問いに、ルカはふっと表情を消した。そして静かに口を開く。

「……詮索するなら連れて行かない。一緒に来たいのなら、何も訊くな」

「分かりました。詮索しません」

間髪を容れずニーナは了承した。ルカがこういう表情をした時は本当に何も話してくれないと分かっているからだ。

「よし。じゃあ、行くぞ」

ルカはひらりと馬に飛び乗った。そしてそのまま手綱《たづな》を摑む。

「ちょっと！　私を忘れていますよ！」

慌ててルカを引き留め、ニーナは彼に向かって両手を差し出した。自分だけでは乗れないので引き上げてもらうためだ。そしてあわよくば、ニーナを後ろから抱き締めるようにして手綱を握ってほしい。ヴィオラが貸してくれた本にそんなシーンがあったのだ。一度やってみたい。

「声がでかい。まだ見つかるわけにはいかないんだ」

ルカは渋々といった様子で、ニーナの体を馬上へ引き上げてくれた。

けれどニーナの思惑通りにはいかず、彼の後ろに座らされる。しかも、「落ちても拾わない」と告げられ、素早くルカの胴体に腕を巻きつけることとなった。

「これはこれで……」

ニーナはふふふと微笑み、意外とがっしりしているルカの背中にくっついた。人に触れることを嫌がる彼に堂々と抱き着けるなんて、なんて役得だろう。

こうして遠慮なくくっつけるのは、ルカがニーナに『女』を感じていないからだ。だから安心して彼に好意を向けていられる。一線を引かなければならないと思ったが、一緒に行くことを渋ったことからも分かる通り、彼がニーナに興味がないのは明白なのだから、そんな心配は杞憂《きゆう》であった。

ルカがマントのフードを深く被ったので、ニーナも真似をして自分のフードを引き下げる。使用人服がすっぽりと隠れる大きめのマントなので、誰かに見られても身元を特定されることはないだろう。

馬はスムーズに走り出し、徐々にスピードを上げていく。

馬に乗るのは苦手だが、手慣れた様子のルカに任せていれば安心できる。彼は昔はよく乗馬をしていたらしい。ニーナは一定のリズムを刻む振動に身を任せた。

ルカの背中に押しつけた頬に、胸に、彼の体温を感じる。マント越しでも、体温や筋肉の動きをしっかりと感じ取ることができた。

この体が傷だらけなのをニーナは知っている。

「私、ずっと思っていたのです。ルカ様と二人で遠くへ行きたいなって……。だからこうして二人で愛の逃避行ができて嬉しいです」

あの屋敷では言えなかった言葉だ。何も持っていない自分がルカを連れ出したとしても彼の人生を台無しにしてしまうかもしれないと考えると、どうしても口に出せなかった。けれど、ずっと思っていたことだった。

自分は勇気もないのに妄想だけしていた臆病者《おくびょうもの》だと分かっている。それでも……彼を連れ出すためにはどうすればいいかを常日頃考えていたのは本当なのだ。それを実行する前に、ルカ自身が自分で飛び出してしまったが。

そしてタイミング良く脱出直前のルカを発見し、こうしてついてこられた。本当にとても幸運な出来事だった。自分の動物的勘《かん》の鋭さを称賛《しょうさん》したい。

たとえこの先ルカと結ばれることがなくても、ずっと一緒にいたいと思うほどに彼のことが好きなのだ。

「愛は余計だ。……喋ると舌を噛《か》むぞ」

前方から冷たい声が返ってきたが、一緒にいられるだけで幸せなので気にならない。

それにニーナを乗せているからか、馬を走らせる速度が遅いので難なく会話はできる。

「逃避行は否定しないのですか？　もう戻る気はないということですね？」

「…………」

なるべく軽く問いかけたが、重い沈黙が返ってきた。ニーナはそれを肯定と受け取り、ルカのお腹に回した腕に力を込める。

「私はどこまでもついて行きますよ。駆け落ちみたいですね！」

邪魔だと言われようとも、どこまでも食らいついて行くつもりだった。

ルカは屋敷から出ることは滅多になく、そんな彼が外の世界で苦労せずに生活できるわけがない。

ルカがつらい思いをする姿は見たくないのだ。それなら自分が苦労したほうが何十倍もマシだ。

ルカを守る。いつしかそんな使命感が芽生えていた。もし彼がニーナから逃げようとしても、地の果てまで追いかけて行くだろう。

最初は一緒にいるだけで良かったのに、こんなふうにニーナが図々しくルカを追いかけるようになったのは、確かあの出来事があってからだ。

使用人として雇ってもらってからふた月ほど経った頃、ルカの部屋にある花瓶の水を交換しようとしたニーナは、何に躓《つまず》いたのかは分からないが、彼の目の前で派手に転んだことがあった。

花瓶を守ろうとしたニーナは顔面を床に打ちつけた。痛くて恥ずかしくて、どうしていいのか分からずそのまま動かずにいたら、心配そうに「大丈夫か？」とルカが手を差し伸べてくれた。

「全然大丈夫です。それよりも、私のスカートの中見ました？　見ちゃいました？　変な気を起こしちゃ駄目ですよ」

ニーナは素早く立ち上がっていつもの軽口で何とか取り繕ったが、内心はひどく動揺していた。

そのせいか、ルカの部屋を出た後にその花瓶を割ってしまったのだ。使用人になって初めての大きな失敗に落ち込んだニーナは、ルカの午後のお茶の給仕をヴィオラに任せ、裏庭で膝《ひざ》を抱えていた。

すると、ニーナが花瓶を割って落ち込んでいることをヴィオラから聞いたらしいルカが、ニーナを捜しに来てくれたのだ。

落ち込んだ顔を見られたくなくて思わず顔を背けたニーナに、ルカは少しの沈黙の後、ぶっきら棒に言った。

「俺は君のスカートの中にはまったく興味はないが……君の騒がしい声がないと調子が狂う」

開口一番に何を言うのかと思ったが、それはルカなりの慰《なぐさ》めだったようだ。

その時にはすでにルカのことを好きになっていたが、その出来事でさらに彼を好きになった。そして、彼がニーナを女として見ていないこともこの時実感した。だから遠慮することなく好意を伝え、追いかけるようになったのだ。

「ついてこなくていい」

過去のことを思い出していたニーナの耳に、つれない言葉が聞こえた。二年経っても、ルカのニーナに対する態度は変わらない。

きっとルカは、ここからしばらく走った先で休憩と称してニーナだけを馬から下ろし、自分はそのまま走り去ってしまう気なのだろう。屋敷の近くでニーナを置いて行けば、ニーナがすぐに屋敷へ戻って逃亡したことを男爵に告げると思っているだろうから。

ルカに信用されていないことは分かっていた。彼は誰のことも信用していない。稀にニーナのことを守ってくれたり慰めてくれたりするが、それは彼が優しいからであって、信用とは別の話なのだ。

それでもニーナはルカとともにいたいと思う。

「ルカ様、訊いてもいいですか？」

「駄目だ」

そう言われると思っていた。けれどルカの言葉を無視して、ニーナは問いかける。

「今までずっと我慢してきたルカ様が、やっとすべてを捨てる覚悟をしたのですよね。それはどうしてですか？」

「人の話を聞け」

「何がルカ様を動かしたのですか？」

「……………」

何を言っても質問を止めようとしないニーナにうんざりしたのか、ルカは黙り込んだ。

それからしばらくの間、二人の間に会話はなかった。ニーナはそれ以上質問を重ねることなく、馬が走る振動に身を委ね、ルカの規則正しい心音を聴いていた。

明確な答えが欲しいわけではない。ルカが何も言いたくなければ、この先この質問はしないでいようと思った。

だから、走り続ける馬が家々の立ち並ぶ集落を抜けた頃には、ルカは返事をする気はないのだと諦めかけた。だがその時。

「……俺は売られるんだそうだ」

ぽつりとした呟《つぶや》きが聞こえた。馬が地面を蹴《け》る音に紛れてしまいそうな声だった。

答えてくれないだろうと思っていたのに、ルカは重い口を開いてくれた。嬉しい気持ちで胸がいっぱいになったが、その内容に目を瞠《みは》る。

「売られる!? どこにです？ まさか、奴隷《どれい》商人とか!?」

思わず身を乗り出し、ぐらりとバランスを崩す。慌ててルカにしがみつくと、彼も片手を手綱から離してニーナの腕を摑んだ。「おとなしくしていろ」と素っ気なく言いながらも、体勢を立て直すまで支えてくれる。

「金持ちのマダムに売られるんだ」

ルカは抑揚《よくよう》のない口調で答えた。そして、少しだけ沈んだ声で続ける。

「父も母も、金遣いが派手だろう？ だからいくらあっても足りないらしい」

「そんな……」

ルカはどんな気持ちでこの話をしているのだろうか。彼の表情を確認することができないせいで、ざわざわとした不快感が大きくなった。

肉親が子供を売るのは別に珍しい話ではない。ずっと親戚の家をたらい回しにされてきたニーナは、様々な場所で様々な状況に陥《おちい》って家族も友人も関係なく裏切る人を見てきた。けれど被害者がルカだと思うと、どうして彼が……という怒りと悲しみ、言葉では言い表せない感情がぐるぐると渦巻《うずま》き、一瞬にして息が苦しくなる。

男爵はこれまでルカに対して好き勝手なことをしてきたくせに、それだけでは飽き足らず、今度は彼を売ろうとするなんて。その神経が信じられなかった。

ルカはずっと父親の一方的な暴力に耐えてきた。一切抵抗することなく理不尽な虐待《ぎゃくたい》を受け続けてきたというのに、こんな形で裏切るなんて許せない。

身売りの話を知った時、ルカはどれほど悲しかっただろうと想像すると、じんわりと涙が浮かんできた。

「鬱陶しいから泣くなよ？」

嗚咽《おえつ》を漏《も》らしてもいないし、洟《はな》をすすってもいないのに、涙が溢《あふ》れ出たのを気づかれてしまったようだ。

ニーナは滲む涙をルカの背中に擦りつけ、こっそりと息を整える。

「顔を見なくても私の気持ちを分かってくれるなんて、さすがルカ様。これは以心伝心《いしんでんしん》というものですよね？」

「違う。君の考えることが単純で分かりやすいだけだ」

なるべく明るい声を出して同意を求めたが、すげなく否定された。

この冷たさに安心する。ここで優しくされたら、ニーナの涙腺《るいせん》は崩壊していただろう。

どんな時でもルカはニーナに関心を示さない。それがいいのだ。

ニーナはルカのことが好きだが、彼に応えてほしいとは思っていなかった。冗談《じょうだん》混じりにいろいろと言っているが、本気で彼と思いを通じ合わせようとはしていない。

「考えが分かるほど私のことを理解してくれているのですね。屋敷ではいつも無視をするか短い返事しかくれなかったのに……。心の中では私のことを気にしてくれていたということですよね。ルカ様の照れ屋さん」

うふふと声に出して笑えば、自然と気持ちも明るくなってくる。こんなことを簡単に言えるのも、ルカがニーナの発言を聞き流すと分かっているからだ。

「黙らないと本当に舌を噛むぞ」

予想通りニーナの軽口を完全に無視して、ルカは馬の脇腹を軽く蹴って速度を上げた。振動が大きくなる。

広い背中に遠慮なく身を預け、ニーナは素直に口を閉じた。

ルカの言葉や態度は素っ気ないが、ニーナが泣いていないことに安堵《あんど》していることは分かった。やっぱり、彼は根が優しい人なのだ。だが、ルカはニーナのことを好きではない。

だからこそ、ニーナはどんどんルカのことが好きになる。

けれど、万が一ルカがニーナのことを好きになったら、きっとニーナは彼から逃げ出すだろう。彼が好きだから……一緒にはいられない。

――私のことを好きだと言ってくれた人はみんな……いなくなってしまうから。

自分の中が空っぽになってしまうような、胸の穴が埋まらないような、あんな悲しい思いはもう嫌だ。

ルカがいなくなったら……。そう考えただけで、胸が痛くて苦しくて泣きそうになる。考えるだけでもこんなにつらいのに、実際にそうなったらニーナはどうなってしまうのだろう。想像もつかない。

――だから、ずっとこのままで……。

ニーナはルカとの変わらない関係を祈りながら、流れる景色を見ていた。

いつまで経っても朝市で賑わう町の中心部が見えない。どうやら彼は、町中を通らずに山側の裏道を選んで走っているらしい。

男爵家の屋敷があるこの町は、国境近くにある。隣の村に入って西にある山を越えれば隣国だ。この国は小国とは言わないが、隣国に比べれば小さい国だ。

ルカはきっと、隣国を目指しているのだろう。ヴィオラから聞いた話では、貿易業が盛んな隣国は様々な人種が集まる国であり、髪や肌の色が違う人々がたくさんいるらしい。そこに交ざってしまえば、たとえ追手《おって》が来ても見つかりにくいはずだ。

陽はすっかり昇り、この裏道も、まばらだが人が歩いている。屋敷にルカがいないことはすでに男爵に報告されているかもしれない。

ルカとニーナはマントのフードを被っているが、人目を避けるように自然と視線は下向きになった。

もし男爵家の追手が来れば、すれ違った通行人の誰かが目撃者として証言するかもしれない。その可能性を考え、人がいるところでは声も出さなかった。

そして、出発してから何時間か過ぎた頃、ニーナは軽い眩暈《めまい》を覚えた。ルカの背中から顔を離して鼻をすんすんと動かすと、覚えのある湿った匂いが鼻の奥を刺激した。

「……ルカ様、まだ朝ご飯は食べていないですよね？」

周りに人がいないのを確認し、ルカの顔を覗き込むようにして前のめりになる。彼の顔はフードが邪魔をして見えないが、少しでもこちらに顔を向けてくれれば目の色がしっかり見える距離だ。

「ああ」

短い返事に、ニーナはうんうんと頷いた。

「お腹空きましたよね。そろそろ休憩にして、ご飯を食べましょう。私、ルカ様にひもじい思いはさせたくありません」

「……君が空腹なんだろう？」

呆れたような表情で、一瞬だけルカはニーナを見た。却下されるかと思ったが、どうやらもうひと押しで休憩できそうな雰囲気だ。

「バレましたか。ペコペコです。それに、このお馬さんも休憩したいそうです」

馬の背を撫でながらそう言えば、先ほどよりも素早くルカが反応した。

「なぜ分かる？」

今にも手綱を引きそうな彼に、ニーナはしたり顔をする。彼がニーナよりも馬を優先することは、切ないけれど想定済みだ。

「実は私、動物と話せるのですよ」

「嘘だろう」

即座に否定され、正直に答える。

「嘘です。でも、幼い頃から動物と接する機会が多かったので、彼らの気持ちがなんとなく分かるのは本当です」

「……もう少し行ってから休憩しよう」

きょろきょろと辺りを確認してから、ルカは言った。ニーナも、大きな木がある場所が良いと注文をつけて了承する。

そしてしばらく走り、道の左手奥に一際大きな木が一本立っているのが見える場所で、ルカは馬を止めた。

ひらりと馬から下りたルカは、手綱をしっかりと摑んでニーナが下りるのを手伝ってくれる。馬が暴走してどこかに行ってしまわないようにしたのだと分かっていながらも、こうして優しくされるとドキドキしてしまう。

今まで走ってきた道はこの先も真っすぐにのびているが、左手に細い脇道があるようだった。雑草に覆われていて分かりづらく、ニーナは気がつかなかったが、ルカは馬を引いて草をかき分けながら脇道を進んだ。

その脇道が大木のある場所に続いていると分かったのは、それからすぐのことだった。

小さいけれど開けた原っぱが突然現れたと思ったら、その中心に道から見えた大木があった。馬に水を与えた後にその原っぱで馬を放したルカは、大木の根元に座った。ニーナも馬が草を食むのを眺めながら、彼の隣に腰を下ろす。

「脇道がここに通じているって知っていたのですか？」

引きこもりのルカがこんな場所に来たことなどあるはずがないし、旅にも慣れていないはずだから、訊かずにはいられなかった。

「……聞いたから」

それだけ言って、ルカは自分の荷物をあさり始めた。

誰に？　と訊いてはいけないということだろうか。もやもやする。

「飯にするか」

独り言のように呟き、ルカが荷物の中から取り出したのは、パンと干し肉一つずつだ。どう見ても一人分の食料である。

それを見て、ニーナのもやもやが吹き飛んだ。

「一人で食べるおつもりですか⁉」

まさかと思って尋ねれば、彼は真面目な顔で頷いた。

「もともと一人旅のつもりだったから一人分しかない」

それはそうだ。抜け出す時にニーナに見つかったのだし、一緒に連れて行くことになるとは思っていなかっただろう。だからニーナの分などあるはずはない……のだが、少しくらい分ける素振りをしてほしかった。

「……そういえばルカ様、そのパンと干し肉はどこで手に入れたのですか？」

硬そうなパンを齧《かじ》るルカをじとっと見つめながら、ニーナは首を傾げる。

男爵家にあるのは軟《やわ》らかく焼き上げたパンだけだ。干し肉は保存してあるかもしれないが、神経質な料理長が常に食材の予備をチェックしているので、なくなったらすぐに騒ぎになるはずである。

「…………」

返ってきたのは沈黙だった。食料のことも訊くなということだろうか。

「いいですよ～だ。私、食べ物を見つけるのは得意なんです」

軽く口を尖《とが》らせたニーナは勢いよく立ち上がり、周りに生えている草から食べられるものを選んで摘《つ》んだ。近くに木の実もあったのでそれも採《と》れるだけ採っておく。そしてそれらを躊躇《ちゅうちょ》なくぽいっと口に入れた。

「おい。そんな草、食うなよ」

背後から心配そうに声をかけられ、ニーナはにんまりと笑って振り返った。手には、この短時間で得た食料を大事に持っている。

「食べられますよ。これは生でもいけるのです。こっちは火を通したほうが美味《おい》しいですが。あ、この実は甘いのでおすすめです」

持っているものを一つひとつ説明するが、ルカの不信そうな表情は変わらない。

山は食べ物が豊富だ。野草はたくさん生えているし、キノコも木の実もある。花だって蜜を吸えるし、油に通せば香ばしくさらに美味になるものもあった。

「ルカ様も食べてみてください。はい」

もぐもぐと草を食べ続けるニーナを呆れ顔で見ていたルカの口に、特に気に入っている赤い実を押し込む。

「ぐっ……」

ルカの眉間《みけん》にしわが深く刻まれた。けれど一瞬にしてそれがなくなる。

「甘い……」

彼は心底意外そうな顔でニーナを見た。

「美味しいでしょう？　私の愛も込めておきましたから、すっごく美味しく感じるはずです」

「……普通に美味《うま》い」

愛に対しての返しはないが、美味しいことは分かってくれたようだ。

男爵家の令息という立場のルカにとってはただの雑草にしか見えないものでも、ニーナにとっては貴重な食料なのである。

きっとこの先ニーナが一緒にいればルカは食べ物に困ることはないはずだ。ニーナはこうして何でも食料にできるし、冬に向けて保存食を作ることもできる。

もしかしたらここで置いて行かれるかもしれないので、役に立つことを今のうちにしっかりとアピールしておかなければならない。

「この小さな花がたくさんついているように見える草は食べられません。でも根が薬になりますから摘んでおきましょう。こっちの草は先ほど食べた葉に似ていますけど、これを食べると下痢《げり》や嘔吐《おうと》が続いて、ひどい時は死に至りますから気をつけてくださいね」

しゃがみ込んで、近くに生えているものを指さしながら説明する。ルカは興味深そうに聞いてくれたが、ふと訝《いぶか》しげに目を細めた。

「なぜそんなに詳しい？」

「小さい頃に両親から学びました。でも植物の名前までは覚えられなかったので、見た目で判断しています。食べられる野草とよく似ていても毒になる植物も結構多くあるので注意が必要なんですよ。けど大丈夫です。全部私が見極めてみせますから。安心してください！」

だからずっと一緒にいさせてくださいね、と暗に言っているのだが、ルカは頷いてくれなかった。

やはりここで別れる気なのだろうか。

大木の根元に座り直してもそもそと食事を続けるルカをじっと見つめたまま、ニーナも木の実を味わって食べる。

ここの木の実は甘いものが多いので、保存食として採っておこうと枝にまた手を伸ばした。だがその時、額《ひたい》辺りにずきりとした痛みを感じ、すぐにその手を引っ込める。

「雨が降りますよ、ルカ様」

ニーナは空を見上げた。ルカは「そうか？」と首を傾げつつも、つられるようにして空を見た。

少し経ってから、うっすらと雲がある程度だった空からぽつりぽつりと雨が落ちてくる。

「……本当だ」

最初はニーナの言葉を信じていなかったルカだが、本当に雨が降ってきたのでフードを目深に被った。

「なぜ分かった？」

素早く荷物をまとめて馬の鞍に載せながら、ルカはまたしても怪訝《けげん》そうに眉を寄せた。

ニーナは野草と木の実を布に包み、黒く広がり始めた雲にため息を吐く。

「小さい頃によく山で過ごしていたせいか、自然と分かるようになりました。匂いと……雨が降る前は体調に変化が出るのです。この雨はもっとひどくなりますよ。もしかしたら今日はもう止まないかもしれません」

言いながらニーナは額を押さえた。頭が重く、体がだるい。それだけで、長く続く雨だと分かるのだ。

「雨が降ると分かったから、突然休憩しようと言い出したわけか」

ルカの鋭い指摘に、ニーナは素直に頷いた。

休憩をとれば置いて行かれるかもしれないと分かっていたが、身体の弱いルカを雨に濡らすわけにはいかない。

「雨が降ると言うよりもご飯のほうが納得できるかと思いまして……。止まってもらうための口実です。走りながら雨に打たれるよりはマシですし。ルカ様、私って役に立ちますよね」

ね？　と同意を求めるが、当の本人はこちらを見ようともしない。

「行くぞ」

ニーナの言葉を完全に無視して、ルカは馬を引いて歩き出した。

「どこに行くのですか？　近くに建物はなさそうですし、道に戻るよりこの大木の下のほうが雨をしのげます」

自ら雨に打たれようとしているルカを引き留めようと、ニーナは慌てて追いかける。けれど彼は止まることなく、先ほど通ってきた道とは反対側の森の奥にスタスタと足早に進んだ。

「今日中に止まない雨なら、建物の中に避難したほうがいい」

「そっちに行くよりも道沿いのほうが建物のある可能性が高いです。宿は……追手に見つかる可能性があるから利用できませんけど」

森の中に建物があるとは思えず、ニーナは必死にルカを止めようとした。

両親に教えてもらったのもあるが、一人でも森に行くことがあったニーナは、雨の怖さを知っている。ずぶ濡れになれば体力を奪われるし、雨でぬかるんだ地面は容易には先へ進ませてくれない。そして時には、雨で地盤《じばん》が緩み土砂崩れが起きて道を塞がれる。最悪の場合、土砂が人の命を奪うこともあるのだ。

それなのに何を考えているのか、ルカは無言で森の中を分け入っていく。

雨はいつの間にか大降りになっていて、マントから服に染みた水が肌まで到達していた。軟らかくなった土で足を取られ、ますます不安が募る。

「ルカ様……」

力ずくで彼を引き戻そうかと考えていたその時、木々の向こう側に茶色い何かが見えた。一瞬幻かと思ったそれは、目を凝らして見ると古びた建物だと分かる。

「聖堂……ですかね」

「ああ」

ぽつりと漏らしたニーナの言葉に、ルカは頷いた。

まるで初めからここに聖堂があるのを知っていたような返事に、ニーナは眉を寄せる。

「こんなところに聖堂があるなんて、ルカ様は知っていたのですか？」

「雨宿りさせてもらおう」

今日何度目の無視だろうか。ルカはニーナをちらりとも見ずに聖堂へ近づいた。そして、かろうじて屋根がついている厩舎《きゅうしゃ》に馬を繋ぐ。

手入れされなくなってどれくらい経つのか、聖堂の壁は所々塗料が剝がれ落ち、蔦《つた》が建物を覆っていた。

ルカは荷物を抱えて入り口に回り、躊躇なく扉の取手を引く。鍵はかかっていなかったようで、ギギギ……と不気味な音を立てて扉は開いた。

雨雲のせいだけでなく蔦のせいでもあるだろう、昼間なのに薄暗い聖堂内部にニーナは恐る恐る足を踏み入れる。

ほんの少しカビと埃《ほこり》の臭《にお》いはするが、中は思ったより寂《さび》れていない。ずっと放置されていたなら歩く度に埃が舞うはずだが、椅子《いす》などがうっすらと白くなっているくらいでさほどひどくはなかった。

これなら安心だ。

ニーナは近くの椅子の埃をマントで拭うと、そこにルカを座らせた。濡れたマントを脱いだルカはおとなしく腰を下ろすが、彼の服がぴたりと肌に張りついているのを見て、ニーナは慌てて麻袋から何枚か布を取り出す。

「ルカ様、これでお体を拭いてください」

そう言いながらも、ニーナはルカが布を取るのを待たずにせっせと彼の体を拭いた。されるがままだったルカは鬱陶しそうにニーナを見たが、すぐにその目が吊り上がる。

「俺よりも君のほうが濡れているじゃないか」

「私は頑丈だから大丈夫です」

気にしないでください、とルカを拭き続けていたら、ニーナが持っている布のうちの一枚を奪われた。

ルカは慣れない手つきでニーナの体を力任せにゴシゴシと拭いてくる。痛いが、ルカがしてくれているというだけで嬉しかった。

「ありがとうございます。でも私は本当に大丈夫ですよ。ルカ様はご自分の心配をしてください。体が弱いのだから風邪でも引いたら大変です。あ、そうだ。すぐに着替えましょう」

ある程度拭き終わってから気がついた。着替え入りの荷物が手元にあるのだから、最初

からそうすれば良かったのだ。

それが最善だと判断したニーナは、すぐにルカのシャツのボタンを外し始めた。

「自分でできる」

すぐさま、ルカにぴしゃりと手を叩《たた》かれる。

「いえ、やらせてください。昨日の怪我の具合も確認したいですし」

めげずに再びボタンに手を伸ばしたが、素早く背を向けられてしまった。

「昨日の怪我はたいしたことはない。君は自分の着替えをしろ。このままだと二人とも風邪を引く」

もっともなことを言っているが、要するにルカはニーナに手伝わせたくないのだ。屋敷でもルカは自分で着替えるので、拒否されるとは思っていた。

「ルカ様はなんでも自分でやってしまいますよね。裸を見られたって減るものじゃないのに……」

わきわきと指を動かしながら、ニーナは隙を狙って手伝いをしようと企む。侍女としてルカのお世話をしたい。それが一緒にいる意味だと思うのだ。

けれど、ニーナの荷物を椅子から持ち上げたルカは、すぐさまそれをニーナに投げつけてきた。

「俺の心がすり減る。君はあっちを向いてさっさと着替えろ」

冷たい眼差しで告げられ、ニーナは荷物を抱えて口を尖らせる。

「ルカ様のケチ」

ルカの冷え冷えとした瞳に促され、渋々彼に背を向けた。が、自分の服の紐を解きながらおもむろに振り向く。

「私、ルカ様になら少しくらい見られても……」

「こっちを見るな」

ぎろりと本気の目で睨まれた。その顔が心底迷惑そうだったので、ニーナはしょんぼりと彼に背を向け直す。

ルカは本当にニーナに興味がない。そうであったほうがいいのに、少し寂しく感じた。屋敷を出て二人きりになったからだろうか、ニーナは欲張りになっているようだ。

好きになってほしくはないのに、もっと気にしてほしいなんて矛盾している。

濡れて張りついた使用人服と格闘しながら着替えを終えてルカのほうを振り向けば、彼はすでに新しいシャツとズボンに着替えていた。

ニーナはがっかりしながらも、濡れた自分の使用人服とルカの服、それと二人のマントを長椅子の背もたれにかけていった。雨宿りの間に完全に乾《かわ》けばいいが、乾かなければこの先必要のない使用人服だけでも燃やしてしまおうと思った。

その時ふと、歩き回るニーナをルカが目で追っていることに気がついた。けれど彼はニーナと目が合った途端にぱっと視線を逸らしてしまう。

「ルカ様？」

ニヤニヤと笑いながら「見てもいいのに」と言うニーナに、ルカは嫌そうな顔になった。

「……あの短時間でよく荷造りできたな」

視線を向けた場所にちょうどあったのだろう。ニーナの麻袋を見ながら、ルカが少しだけ早口で言った。ニーナのことを見ていたと思われるのが嫌で話を変えたいのだろう。

ルカのシャツをパンパンと叩いてしわを伸ばしながら、ニーナは答える。

「私物は少ないですし……荷物はいつもまとめてありますから」

麻袋なのは、たまたま新しいものが手に入ったからだ。その後、ヴィオラが小さめのお古のトランクをくれたが、分不相応な気がして使えないでいた。だからそのトランクは申し訳ないが使用人部屋に置いてきてしまった。

ヴィオラはニーナに対して友人として好意を示してくれる。けれどニーナが心の底からそれに応えれば、彼女もいなくなってしまう気がした。そんな思いが枷《かせ》となり、これまで素直に彼女に甘えることができないでいた。

ルカに対してもそうだ。ふざけた調子でしか本心が言えない。大切だと思えば思うほど、心の制御装置が働いてしまうのだ。

服のしわを伸ばし終えたニーナは、ルカの隣に座って膝を抱える。肘《ひじ》が当たりそうなほどに近い距離だが、ルカは離れる素振りを見せなかった。

廃れた聖堂の中はニーナたち以外の人間がいる気配はなく、雨が屋根や葉や地面を叩く音しかしない。

こんなに静かな空間にルカと二人きりでいると、こっそり彼の看病をした時のことを思い出してしまう。

ルカと二人きりになるのは、彼の部屋の掃除をする時か勝手に彼の看病をする時だけだ。掃除の時はルカの家族の声が本邸から聞こえてきたりする。けれど彼の看病をする夜は、苦しげな呼吸音に混じって風で葉が擦れ合う音や動物の鳴き声しか聞こえないほど静かなのだ。

「薄暗いですね」

しばらく黙って雨の音に耳を傾けていたが、今にもルカの苦しむ声が聞こえてきそうな気がして、ニーナは声を発した。

「雨だからな」

平静な声が返ってきて、ほっと息を吐き出す。幸い、今のルカは体調を崩していないようだ。

それから再び沈黙が続く。

時間が経つにつれ、聖堂の中に差す影が濃くなってきた。近くにいるルカの顔もだんだん黒く染まっていく。

「……幽霊が出てきそうですね」

軽口ではなく、結構本気でそう思った。窓に張りついた蔦が雨と風でわさわさと波打っている影が不気味で仕方ない。

「霊なんていない」

きっぱりとした口調で断言された。

確かにニーナも幽霊など見たことはないが、暗くなると人ならざるものが活動的になるという噂を嘘だと切り捨てることはできなかった。

ニーナは夜目がきく分、みんなが見えないものまで見える時がある。きっと鳥や動物の類《たぐい》なのだろうが、夜中に窓の外に影だけ見えたりするから本当に怖いのだ。

「ルカ様、もう少しくっついても……」

「断る」

恐怖を紛らわそうとルカににじり寄るが、寄った分以上に距離を空けられた。肘が触れるほど近くにいたのに、拳一個分は遠ざかった。

「か弱い女の子が震えているのに……ルカ様のいけず」

「本当にか弱い女性なら考える」

抱えた膝に顔をうずめながら文句を言えば、ルカはつれない言葉を返してきた。その言葉に引っかかったニーナは、すぐさま真剣な顔を作ってルカを見る。

「ルカ様が他の女を抱き締めたら暴れますからね」

ルカは沈黙した。何を想像したのか、その顔がげんなりとした表情になる。

「……君が女性を突き飛ばして俺に殴《なぐ》りかかってくる姿が浮かんだ。暴力反対」

軽く両手をあげて降参の仕草をするルカに、ニーナは大袈裟だと思えるほど口角を上げてにっこりと微笑んだ。

「ルカ様が浮気をしなければ殴りませんよ」

「浮気も何も……俺と君はそんな関係ではないだろう」

何を言っているんだ？　というルカの顔を見なかったことにして、ニーナはうふふと声を上げて笑う。

「安心してください。たとえ頭に血が上っても、さすがに殴ったりはしませんよ。ちょっと小突《こづ》く程度です」

「…………」

なぜかルカが再び体を遠ざけた。今度は人一人分は間を空けられている。

「…………」

ニーナはルカに近づいた。

「…………」

ルカは素早くニーナから身を遠ざける。

ニーナが間を詰めれば、さらに大きく距離を取られる。そんな無言の攻防がしばらく続いた。

先にそれを止めたのはニーナだった。体を左へ左へと移動させていったため、礼拝台の脇のカーテンに隠すように置かれてあったものに気がついたのだ。

「あ！　ピアノがありますよ、ルカ様！」

跳《は》ねるように立ち上がったニーナは勢いよく駆け出し、埃っぽいカーテンを無遠慮に開け放った。するとそこには、思った通り鍵盤蓋《けんばんふた》と屋根が閉まったピアノがあった。

「……古いな」

いつの間にかニーナの後ろに立っていたルカが、鍵盤蓋をそっと持ち上げた。そして意外と綺麗なままの鍵盤を撫でる。

その細く筋張ったルカの指が、白と黒の鍵盤の上を踊るように動くのを見るのが好きだ。ピアノを弾いている時の彼は、自身を解放するかのように感情を音にのせる。

ルカなりのストレス発散方法なのだろう。だからなのか、その姿を見られることを嫌がっていたが、ニーナはそんな彼を見るのも好きだと言って、よく居座っていた。ほとんどの場合はすぐに追い出されたが、ルカの看病をした後などは傍で聴くことを許してくれた。

「聖堂にピアノがあるのは珍しいですよね。普通はパイプオルガンなのに」

しかも、出入り口からは見づらい場所にあるなんて不思議だった。大聖堂では隠すように置いてあるところも多いらしいが、こういう小さな聖堂は見えやすい位置にオルガンを設置しているものだ。

「そうだな」

答えながらも、ルカは鍵盤から目を離さない。

「ルカ様、何か弾いてくださいよ」

ピアノ用の椅子を袖で綺麗にしてから、ニーナはルカに座るよう促した。

「こんなに寂れた聖堂のピアノが調律されていると思うか？」

ルカはそう言いつつも、姿勢よく座り柔らかに指を動かし鍵盤を押す。すると、ポーン……と澄んだ音が聖堂に響き渡った。

一つ音を出したルカは、確かめるようにすべての鍵盤を押していく。

「……音が狂っていない」

信じられないものでも見るように、ルカは立ち上がって屋根を開けると、ピアノの弦まで調べ始めた。

「音が狂っていないのは、そんなにおかしなことなのですか？」

ピアノをはじめ楽器というものに縁がなかったニーナは、何がおかしいのかピンと来なかった。

ルカに倣《なら》って弦を覗き込んでも、まったく分からない。見た目で分かるのは、ほとんど埃を被っていないということくらいだ。

「ピアノは定期的に調律しないと、弦が緩《ゆる》んで音が下がっていくんだ。湿気《しっけ》も大敵だし、放っておくとネズミが中で巣を作っていたりする。とにかく繊細で、細かい手入れが必要な楽器なんだ」

珍しくルカが長く喋った。

喋ってほしい時はピアノの話題を出せばいいのか。一つ学んだニーナは、ピアノの隅々《すみずみ》まで調べているルカの腕を摑んで再度椅子に座らせた。このまま放っておいたら解体までしかねない勢いだったからだ。

「弾けるのならそれでいいじゃないですか。幸運、ということで。何か弾いてください。私、ルカ様の演奏が聴きたいです」

お願い、と両手を組んで小首を傾げる。すると、難しい顔をしてピアノを眺めていたルカが、ちらりとニーナを見て大きなため息を吐き出した。

「幸運で済まされることじゃない。こんな辺鄙《へんぴ》な場所にある聖堂のピアノが、いつでも弾けるように整備されているんだぞ。誰がそんなことをしていると思う？　俺たちがいた町は抜けたから、ここはもう辺境の村だ。この聖堂の主以外、村にピアノを弾ける人間なんているはずはないだろう。調律してあるのが怪奇現象のようなものだ」

くどくどと説明してくれるのだが、ルカがこんなにも長々と話すのは新記録だという事実に胸がいっぱいになったニーナは、内容よりもルカの声に耳を傾けてしまっていた。

低音の楽器を奏でているように聞こえる彼の声は、ニーナにときめきと癒やしを与えてくれる。

うっとりとルカの声を聴いているだけのニーナに気がついたのか、ルカは突然ぴたりと喋るのを止めてしまった。

ぎろりと睨んでくるルカの眼差しと目が合い、ニーナはにっこりと微笑んだ。

「ルカ様、弾きたくて指がうずうずしていますよ」

そうなのだ。顔は怒っているのに、指は鍵盤を忙《せわ》しなく撫でている。ルカは早くピアノを弾きたいのだ。

「いや、追手にでも聴かれたらまずいだろう」

「この大雨ですもん、雨音に消えて分かりませんよ！　さあ、思う存分弾いてください。ルカ様の気が散らないように、私はあちらの椅子に座って聴いていますから」

気がきく私、という顔を隠さずに、ニーナはうふふと笑いながらルカの背後にある長椅子に腰掛けた。

ニーナの姿が見えなくなったことに安心したのか、ルカは音を小さくするためにか屋根を下ろした後、すっと背筋を伸ばすと流れるように指を動かし始めた。

弱めの音から静かに始まり、次第に力強い音に変わっていく。

屋根を閉じていても、ルカの部屋で聴くより天井の高い空間のほうが音の反響が美しい気がする。なめらかで艶《つや》のあるその音は、ニーナの全身を優しく包み込み、肌の表面から体の中に深く浸透していくように感じた。

軽やかな曲でも、ルカの奏でる音楽はどこかもの悲しさが漂う。

きっとルカの心の奥底に秘めている感情が音に混ざるからだろう。彼のピアノを聴く度に、ニーナの心も小さく震えながら泣き出すのだ。

——私たちは、とてもよく似ている……。

家族に恵まれなかった境遇も、常に孤独と隣り合わせだったことも。

ニーナはそっと目を閉じて、ルカの奏でる音に集中した。視界が暗くなると、まるで別の世界で音楽を聴いている気分になる。ルカと混ざり合って一つになる。そんなイメージで別次元をたゆたうのだ。

一曲目が終わり、しばしの休憩の間もニーナは静かに浸っていた。そしてルカが大きく息を吸い込み、しっとりとした二曲目を弾き始めた時、ふと隣に気配を感じた。

ルカの演奏に耳を傾けながらも、ニーナは瞼を開いてちらりと視線をそちらに向ける。

「……っっっ!!」

その瞬間、息が止まった。

いつの間にか、金髪の男が隣に座っていた。ニーナとルカ以外誰もいなかった空間に、突然人が現れたのだ。

しかも男は、長い足を組んでうっとりと演奏に聴き入っている。どれだけ前からそこにいたのか、完全にリラックスした状態なのである。

——誰!?

驚き過ぎて声が出ない。逃げようにも体はぴくりとも動かなかった。視線を逸らしたいのに、目は瞬きもせずに男のことを凝視してしまっている。

サラサラの金髪を一つに括り、シンプルなシャツとズボンを身に着けた男だ。顔は整っていて、伏せられた長い睫《まつげ》毛が頬に影を落としている。若く見えるが目尻に笑いじわがあり、頬も大人の男らしくすっきりとしているため、三十過ぎであることは間違いない。

明るい金髪のせいか、真っ白なシャツのせいか、彼はぼんやりと光って見えた。

ルカは、自分たち以外の存在にもニーナが腰を抜かしていることにも気づいていないらしい。演奏は続いている。

「また聴けるなんて……手入れしておいて良かった」

しみじみとした口調で男は言った。囁くような声だったが、低く良く通る声だ。

その声はどこかで聞いたことがあるような気がして、ニーナは僅《わず》かに首を傾げた。小さくだが首が動いたことによって、呪縛《じゅばく》が解けたようにニーナの体が動き出す。

ニーナは、ぎぎぎぎ……と音がしそうなほどぎこちなく首をルカの背中に向け、ブルブルと膝を震わせて椅子から立ち上がる。

「ル、ルカ様……」

ニーナは必死に声を絞り出した。

思ったよりも小さな声だったらしく、ルカはまだ気持ち良さそうに鍵盤を叩いている。

「ルカ様！　ルカ様！」

一歩、また一歩と震える足を前に進めながら、ニーナはできる限りの大声を出した。

すると、やっとルカの指が止まった。

「なんだよ？　うるさいな」

迷惑そうな表情でルカが振り返った。こちらを見る彼の表情は、不思議なことにいつも通りの仏頂面だ。

「ゆ、ゆ、幽霊！　幽霊が出ました！」

ほら、ほら、と今まで自分が座っていた長椅子を指さす。ルカの視線の先にいるはずなのに、彼は驚かないばかりか怪訝そうに眉をひそめた。

「どこに？」

ルカはニーナの指の先を目を凝らすように見つめて首を傾げる。

「あそこに！　私の隣に幽霊が座っていたのです！」

言いながら、ニーナも思い切って長椅子を振り返った。

「……いない……」

そこには、ただ長椅子があるだけだった。さっきまで確かにそこに座っていたのに、忽《こつ》然《ぜん》と男の姿が消えている。

「この世に幽霊なんていない」

演奏を止められて機嫌が悪いのか、ルカは吐き捨てるように言った。今にも舌打ちしそうな様子だ。

「でもでも、見ましたもん！　ルカ様の演奏をうっとりと聴いていましたもん！　また聴けて良かったたって言ってましたもん！　しかも一瞬にして消えたんですもん!!　あれは幽霊ですもん!!」

ニーナは懸命《けんめい》に訴えた。

ルカは目を細めて立ち上がり、鍵盤蓋を閉めてから腕組みをしてニーナの前に立つ。

「もんもんうるさい。それはきっと夢だ。君は俺の演奏を聴きながら寝ていたんだろう」

「寝ていませんよ！　私はルカ様の奏でる音はすべて聴き逃さないようにしているんですから！」

不機嫌な顔で見下ろされ、ニーナは鼻息荒く反論した。

「私がどれだけルカ様のピアノが好きなのか、ルカ様は分かっていないのです！　綺麗で艶やかで切なくて、魂を震わせる音ってこういう音のことをいうんだなって思っていて、本当だったら一日中でも聴いていたいくらいなんです！　私のためだけに毎日弾いてほしいってずっと思っていたくらいなんですよ！　それなのにそんなことを言うなんてひどいです！」

怒っているのか褒《ほ》めているのか、途中で自分でも分からなくなった。

「あ、ああ……そうか。それは、すまない」

今にも飛びかかりそうなニーナに気圧《けお》されたように、ルカは一歩後ずさった。

謝りながらも、口元はひくついている。それを見て、少し感情的になり過ぎてしまったかもしれないと我に返ったニーナは、無意識に握り締めていた拳をさっと開き、こほんと咳払《せきばら》いをした。

「いえ、私が勝手に好きなだけですから。だからルカ様は、これからも思う存分弾いてください。ピアノを弾いている時のルカ様、すごく色っぽ……楽しそうで素敵です」

「分かった。それより、君が見た何者かがまだこの中にいるかもしれない。どんな人物だったかを教えてくれ」

ニーナの言葉を遮るように、ルカは口早に言った。前からそうだったが、ピアノの感想を言われるのは好きではないらしい。

何者かの特徴を早く言えと顎《あご》を上げて急かされたので、ニーナは頬に手を当てて記憶を探る。

「あの幽霊は……長い金髪を後ろで一括りにしていて……白いシャツと茶色のズボンを着ていました。年は多分三十過ぎで……あ、睫毛が長かったです。整った顔立ちをしていたんですよねぇ……。あとは、ほんのり光っているように見えました」

「……今すぐに捜そう」

言い終わらないうちに、ルカは男のことを思い出そうと唸《うな》っているニーナの脇をするりとすり抜け、長椅子を調べ始めた。

「君が座っていたのはこの辺りか？」

ルカが見ているのがちょうどニーナが座った辺りだったので、うんうんと頷く。

「そうです。少しだけ間を空けたこちら側に幽霊が座っていて……」

そこで、はたと気づいてニーナは言葉を切った。

他の長椅子は全体的にうっすらと埃が積もっているのに、ニーナと幽霊が座っていた長椅子だけは綺麗だったのだ。これでは、お尻の跡で幽霊がいたことを証明できない。幽霊が跡をつけるかは分からないが。

ルカもこの不自然さに気がついたのだろう。今度は床に視線を移した。

「足跡は……ないな。ここ以外の椅子には埃が積もっているのに床に積もっていないなんてもおかしくないか？」

「おかしいです。掃除の基本は、上から埃を落としていって最後に床、です。床だけ掃除をするなんて手抜きですよ」

掃除をなめていますね、と憤慨《ふんがい》するニーナに、ルカは呆れ混じりの視線を向けてきた。

「……それはどうでもいい。この長椅子だけ綺麗なことといい、床だけ埃がないことといい、これは誰かが意図的にしたことではないかと言っているんだ」

「そう言われると確かにそうですね！　ルカ様は天才です！」

パチパチと拍手しながらニーナはルカを褒め称える。ルカは「はいはい」と聞き流し、礼拝台の後ろやカーテンの裏など、聖堂内を見て回った。

けれどやはり聖堂内に二人以外の人間の気配はない。念のために長椅子やピアノの下も覗いてみたが、特に何もなかった。

「やっぱりあれは幽霊だったんですよ」

顔を青くしたニーナが自分を抱き締めていると、ルカがカーテンの裏にドアを見つけた。何の変哲もないありふれたドアだが、カーテンの裏にあるだけで不気味に見える。今にもドアをぶち破って何かが飛び出してきそうだ。

だが、ニーナが何かを言う前に、ルカはそのドアを開いてしまった。

「ルカ様……！」

慌てて前に出ようとするが、ルカに手で制されてその場で足踏みする。

ルカの背中越しに見えたドアの奥は、がらんとした空間に古いソファーとテーブルがあるだけだった。

「応接室か何かですかね？」

「そうだな。向こう側にまたドアがある」

躊躇なく応接室らしき部屋を横切ったルカを追い、ニーナも次のドアの前に立つ。今度こそ何か出てくるのではないかとビクビクしていたが、またしてもルカが無造作にドアを開けたので、ぴたりと彼に寄り添って先に進んだ。

応接室の次はキッチンだった。その次は寝室で、最終的にはほとんど物が置いていない倉庫のようなところに出た。

ここが廃れるまでは神官が一人で住んでいたらしく、キッチンには少しの食器、寝室には大きめのベッドが一つと小さな家具などが置かれてあった。

薄暗い中で、各部屋を目を凝らして見てみたが、人の住んでいる形跡はなかった。

礼拝台の前まで戻った二人は、無言で長椅子に腰を下ろす。しばしの沈黙の後、ルカが口を開いた。

「誰もいなかったな」

「はい。人は誰もいませんでしたね」

「でも幽霊というものは、突然目の前に現れるもので……」

「なら、離れろ」

「現れない」

会話をしながらも、体を離そうとするルカと、意地でも離れようとしないニーナの根性比べは続いていた。

恐怖でルカの腕をがっちりと掴んでいるニーナを、ルカが引き剥がそうと頑張り、ニーナは剥がされないように食らいついているのだ。

離せ、離れない、という不毛なやり取りは、ルカが根負けするまで続いた。ニーナのしつこさに白旗を上げた彼が、はぁ……と大きくため息を吐いて背もたれに体を預ける。

おとなしくなったルカの腕にぎゅうぎゅうと体を押しつけながら、ニーナはしとしとと降り続ける雨の音を聞いていた。

屋敷を出たのは夜明け前だったが、馬で半日は走った。先ほどルカが、ここは辺境にある村だと言っていたが、最短距離で隣国に行くには山道を抜ける必要があるので、なるべく早く出発しなければならないだろう。いや、もうすでに昼過ぎなので、今すぐにここを出ないと森を抜けている間に夜になってしまうかもしれない。

この雨はすぐに止む類のものではないと分かっているが、早く止んでくれと願う。

「雨、止みませんね」

逸る気持ちで呟けば、ルカは特に焦る様子もなく雨が打ちつける窓に視線を移した。

「今夜はここに泊まるから、明日までに止めばいいいんじゃないか」

「え？」

予想外のことを言われ、ニーナは大きく目を見開いた。窓からこちらに顔を向けたルカは、ニーナの反応に眉を寄せる。

「この雨は今日中には止まないと君が言ったんじゃないか。仕方ないが、ここに泊まるしかないだろう」

確かにルカの言う通りだ。今日のうちには止まないだろうと言ったのはニーナである。けれど、まさかここに泊まることになるとは思っていなかった。小降りになった時を見計らい、先へ進むものだと思っていたのだ。

「ここに!?　嫌ですよ！　だって、幽霊が出るんですよ！」

「出ない」

嫌々と首を振ると、被り気味に否定された。

何度否定されようとも、ニーナは実際に見てしまったのだ。だから、ここに幽霊がいるのは確定したと言ってもいいだろう。怖いからできるだけ早くここを出たい。

でも雨は止みそうもないし、この雨の中、外を歩いて森に行くのは自殺行為だし、ルカは本気でここに泊まる気のようだし、ニーナの言うことなんて聞いてくれるはずはないし、近くに雨宿りできる建物がある可能性は低いし……。

ぐるぐると考え込んだ結果——。

「もし幽霊が出たら助けてくださいね！　絶対ですよ！　離れた場所にいても、私が悲鳴を上げたら飛んできてくださいい！」

選択の余地がないので、ニーナはここに泊まる決意を固めた。

「はいはい」

心のこもっていない返事をしたルカはおもむろに立ち上がった。彼の腕を抱き締めていたニーナも自動的に立ち上がることになる。

「そうと決まれば、暗くなる前に寝る場所を綺麗にしておこう」

寝る場所!?

ルカの発言に、ニーナははっと目を見開いた。

寝室は一つしかなかった。ベッドも一つだった。——ということは、必然的にルカと同《どう》衾《きん》することになるではないか。好きな人と手を繋いで眠る、という夢が叶うということだ。

ここを逃したら、一生こんな機会には恵まれないに違いない。

ニーナはルカの腕から手を放し、ぐっと両手を握ってやる気を見せた。

「そうですね。寝室のシーツの替えがないか探す必要がありますね。それに夕食の準備もしなければいけません。明るいうちにお泊まりの準備をしなくては！」

突然活動的になったニーナをルカは胡乱《うろん》な目で見てくる。それを無視して、ニーナは応接室を通り過ぎてキッチンへ向かった。

食器棚には必要最低限の食器があるが、今はそこを素通《すどお》りする。ニーナが探していたのは香油《こうゆ》だった。先ほどここを通った時に、棚のほうからふんわりと花の匂いが漂ってきたのだ。

香油は棚の引き出しから見つかった。そして、なぜこんなところにあるのかは分からないが、香油の隣の引き出しに、布に包まれた干し肉と干し果物《くだもの》が入っているのも発見した。

「ルカ様！　見てください！　保存食がありますよ！　さっきはこの棚の中は見落としていましたけど、幸運にもお宝がどっさり眠っていました！」

ほら！　と戦利品を見せると、ニーナの後を追ってきたルカは大袈裟に顔を顰めた。

「……誰がいつ置いて行ったものかも分からないものは危険だ。それと君、実は幽霊なんて怖がっていないだろう」

もっともな指摘をされたが、ニーナはそれを聞き終わる前に戦利品の干しブドウを口に入れた。

「あ、美味しいですよ、これ！　きっと、私たちと同じようにここで雨宿りした人が忘れていったんですよ」

危険かどうかは見た目と匂いで分かる。ニーナは躊躇なく二つ目も口に放り込んだ。

「ルカ様もどうぞ」

「いらない」

はい、とルカに干しブドウを差し出すが、ぷいっとそっぽを向かれた。

「そう言わずに。はい」

意地でも食べるか、という態度のルカの口に、ニーナは無理やり干しブドウを押し込んだ。

「ぐっ……」

的確に口の真ん中を狙って突っ込んだせいか、驚いて口を僅かに開いてしまったルカはそれを強制的に味わうことになった。

恨めしげな眼差しを向けてきつつも、彼は口から出そうとはしない。口に入れたものを出すのはマナー違反だと身に沁みついているからだろう。

「意外と新しいものですよ、これ。しかも結構いい材料を使っています。忘れていってくれてラッキーですね」

あむあむと干しブドウをいくつか食べてから、ニーナはその食料を大事に布に包み直す。

「夕食は干し肉パーティーですよ」

満面の笑みで包みを抱き締めてルカを見ると、彼は「え？」と声を上げた。

「人が忘れていったものを全部自分のものにする気か」

棚とニーナを交互に見ながら眉を寄せるルカに、ニーナは笑顔のまま小首を傾げた。

「ルカ様にも分けてあげますよ」

「いや、そういう意味で言ったんじゃない。忘れていった奴が戻ってきた時にそれがなければ困るんじゃないかと……」

ルカの言葉は続いていたが、ニーナは聞こえていない振りをして食料の入った布を台に置き、代わりに香油を持ってそそくさと移動した。

今度は寝室に入り、ベッドの脇にある棚をあさる。するとなぜか新品同様のシーツが出てきた。

「ルカ様！　綺麗なシーツがあります！　きっと、私たちと同じように雨宿りした人が……」

「そう都合よく欲しいものが置いてあるものか。君はもう少し疑うことを覚えたほうがいい」

大きな声でキッチンに向かって喜びを伝えると、目を吊り上げたルカが半開きだったドアをバンッと乱暴に開けて入ってきた。

ニーナの持っているシーツを見たルカは、顎に手を当ててベッドへ視線を移す。

「どう考えてもこれは……」

「なんですか？」

何かに思い当たったらしいルカに期待を込めて問うと、彼はなぜか気まずそうに顔を逸らした。そしてもごもごと口を動かす。

「……の場所にしているとしか……」

「え？　今なんて言いました？」

ルカの声を聞き取るため、ニーナはずいっと彼に近づいた。

「だから、逢引《あいびき》の場所にしているとしか思えないと言っているんだ」

後ずさりしながら怒ったような顔で言われ、ニーナは一瞬きょとんとした。逢引という発想がなかったからだ。けれどすぐに言葉の意味を呑み込み、パンッと手を合わせる。

「まあ！　逢引の場所ですか！」

「そうだ」

頷くルカに、ニーナは小首を傾げて質問する。

「ルカ様、逢引とは具体的にどんなことをするのですか？　言葉は知っているのですが、意味はよく分からなくて……」

ルカは僅かに目を瞠り、『本気か？』とでも言うようにニーナを見下ろす。それに真面目な顔で頷くと、彼は歯切れ悪く説明し始めた。

「それは……いわゆる……男女の夜の営みというか……夜も昼も関係ないこともあるようだが……忍んで愛を……」

「簡単に言うと？」

「男女が隠れて逢って子供ができる行為をすることだ。分かったか」

なぜか睨みながら挑むように言われた。

さすがに子作りの仕方までは訊く気はないので、ニーナは笑顔で頷く。

「はい。ということは、ここは命の誕生の場なのですね」

「いや、ここで生まれるわけでは……」

すぐさま否定されたが、ニーナはそれをさらりと流し、夢見る顔で両手を組んだ。

「私とルカ様の子はきっと可愛いですよね！　男の子でも女の子でも大歓迎なんですけど、できればどちらもルカ様似で。小さなルカ様と一緒に遊んだり、寝たり、お買い物に行ったりするのです！」

「断る。勝手な妄想をするな」

楽しい妄想をきっぱりとした口調で遮られた。絶対に実現しないのだから妄想くらいは自由にさせてほしいと思いながらニーナは口を尖らせる。

「どうしてですか？」

問うと、先ほどまで表情豊かだったルカがふっと表情を消し、抑揚のない声で答えた。

「俺は子供を愛せる自信がない。それに、万が一……いや、億が一、本当に子供ができたら大変なのは君なんだぞ。俺は無一文なんだ。しかも社会経験がない。そんな人間と一緒にいても苦労するのは目に見えている」

そんなことは百も承知だ。けれどそれを口に出すことはニーナにはできなかった。

ルカが自分を好きになることがないのは分かっている。だからこうして——叶わない夢を語るのだ。

「……ただの夢です。夢見るくらいいいじゃないですか」

口を尖らせたままニーナはルカから目を逸らす。そして頬をぷっくりと膨《ふく》らませたまま、ベッドのシーツを新しいものと交換した。枕の下には少量の香油を垂らしておく。ルカのベッドメイクをする時にニーナが必ずやっておくことだ。

古いシーツから埃が立たなかったから、ここを誰かが使っているというルカの説は正しいのかもしれないと感心する。

それから、ソファーがある応接室に行って早めの夕食をとった。

干し肉は食べやすくするためにスープにしたかったが、水はあるのに肝心の鍋がどこを探しても見つからなかったので、隣に座っているルカの口にそのまま押し込んだ。するとお返しとばかりに、ルカの硬いパンを口に詰め込まれる。

「ルカ様に、あ〜んしてもらっちゃいました」

うふふ、とニーナが笑うと、ルカはその後は自分の食料だけをもくもくと食べ続けた。

腹が膨れれば、後は寝るだけだ。

この雨は日付が変わる頃には止むかもしれない。ニーナがそう言うと、今日は早く寝て明日早めにここを出ようということになった。まだ日は沈んでいなかったが、寝室へ移動する。

「君はベッドで寝るんだ。俺は応接室のソファーで寝るから」

一緒に寝室へ来ておきながら、ルカはそんなことを言い出してくるりと踵《きびす》を返した。

「え？　どうしてですか？　使用人の私がルカ様を差し置いて一人でベッドに寝るわけにはいきません！」

いそいそとシーツを整えていたニーナは、慌ててベッドから下りてルカを引き留める。するとルカはぴたりと足を止め、ゆっくりと振り返った。

「そうか。それなら俺はベッドで寝るから、君はソファーで寝るといい」

ベッド脇に戻ってきたルカは素早い動作で横になり、そのまま一人で寝ようとする。慌てたニーナはいくつかあるうちの一つの枕を奪い、それをぎゅっと抱き締めた。

「ルカ様、こんな廃屋のような屋敷のベッドで一人寝は寂しいでしょう⁉　寒いですし、幽霊が出るから怖いですし！　私が一晩中傍にいて差し上げます！」

必死に言い募ったが、ルカは冷たい視線を向けてくる。

「貞操《ていそう》の危機を感じるから嫌だ」

「私、ルカ様のことを無理やり襲おうなんてこれっぽっちも考えていませんよ？　ええ、これっぽっちも」

だからこそ、こうしてベッド脇で踏み止まって駄々をこねているのだ。

あおむけで枕に頭を埋めているルカは、サラサラの長い前髪が脇に流れて綺麗な瞳が露《あら》わになっている。普段は髪の毛の隙間から見えるそれを、もっとしっかりじっくりと間近で眺めたい。彼が瞼を閉じてしまえば見えなくなってしまうが、そうなったら今度はルカの顔の造形美を堪能《たんのう》したい。

できれば一緒に寝たい。手を繋ぎたいが、どうしても嫌だと言うなら繋がなくてもいいから、とにかく一緒にいたい。幽霊が怖いから。それも偽らざる本心だ。

けれどニーナは、屋敷を出たとはいえただの使用人である。貴族であるルカと同衾するなんて、本人に呼ばれて命令された時以外はあってはならないことだ。それ故、彼の了承を得なければならない。

同衾が叶わないのなら、同じ部屋で一晩を過ごすだけでもいい。

「その顔が信用できないんだ」

硬い口調で言われ、ニーナは手を頬に当てた。

そんなにおかしな顔をしていただろうか。幽霊への恐怖が勝っているのでにやけてはいないはずだが、ルカの寝顔を見たいと思う邪《よこしま》な気持ちが表れて変質者の顔になってしまっていたのかもしれない。気をつけなければ。

ニーナは引き攣《つ》らないようににっこりと微笑んでみせた。天使の微笑みになっているはずだ。

これで安心してくれるはず、と自信満々でいると、ルカはなぜか眉間に深いしわを寄せて片手で目を覆った。

「……一人だと、君が怖いんだろう？」

ため息混じりに零された言葉に、ニーナはもげるほどに首を縦に振る。

「そうなんです！　だからどうしても一緒にいてほしいんです！　お願いですから一人にしないでください！　私、本気で怖いんです！」

枕をぎゅうぎゅうに抱き締めて本気で訴えた。するとルカは、手を少しずらしてぎろりとニーナを睨む。

「そのわりには一人で各部屋を見て回っていたが？」

「そ、それは、その……ルカ様のために環境を整えようと一生懸命だっただけです！」

幽霊のことを忘れるくらいに下心が満載だったとは言えない。好きな人の隣で寝られるという絶好の機会なのだ。あわよくば手を繋ぎたい。ニーナのささやかな夢を叶えてはくれないだろうか。

ニーナの答えを疑わしそうに聞いていたルカだが、今度は大袈裟とも思えるほどに大きなため息を吐き出し、枕を二つベッドの真ん中に縦に並べた。

「ここからこっちには来るなよ。ちょっとでも俺に触れたら追い出すからな」

お約束のような台詞にニーナは笑う。

「うふふ。ルカ様、それは女性が言う台詞ですよ。……って、え!? 一緒に寝てもいいということですか!? 同衾命令!?」

途中でルカの言葉の意味に気づき、ニーナは驚き過ぎて思わず飛び上がった。心臓が口から出てルカのほうまで飛んでいきそうな勢いだ。持っていた枕は本当に飛んだ。

「命令ではない。本気で不本意だが、こうするのが最善策と思っただけだ。……嫌なら床で寝ろ」

憮然とした表情で床を指さした後、ルカはごろりと寝返りを打ってニーナに背を向けてしまった。

「何をおっしゃいますか！ 喜んで同衾しますよ！ 子守歌でも歌いましょうか!?」

ルカの気が変わらないうちにと、ニーナは電光石火の速さでベッドに潜り込む。そして、境界線である二つの枕にじりじりとにじり寄った。

この様子だと手は繋げそうもない。それでもいいと思えるのは、心の底では同衾なんてできるわけがないと思っていたからかもしれない。

意地でもこちらを見ようとしないルカの背中をじっと見つめながら、ニーナは懸命に話題を探す。

「そういえば今日、エドガルド様がお見えになる予定でしたね。いつものお茶会ですか？」

エドガルドというのは、ルカの唯一の友人である。とはいえ、ルカは友人とは認めていないようだが。

ふた月ほど前からルカに会いに来るようになった青年で、貴族ではないが立ち居振る舞いに気品があり、裕福そうな身なりをしている。ルカと彼は週に一、二度ほど二人でお茶を飲みながら何かを熱心に語り合っていた。

ニーナはいつもお茶を出した後はすぐに部屋から追い出されていたので、彼らの話の内容は分からないが、エドガルドが帰った後のルカは機嫌が良い様子だったので、話の合う友人ができたのだとニーナは喜んでいたのである。

「パーティーで知り合ったとエドガルド様からお聞きしましたけど、風邪を引かれたフランソワ様の代理で参加されたパーティーですか？」

友人であるエドガルドの話題ならルカも楽しいかもしれない、ニーナは話を広げようと問いかけた。

「ああ」

しかし、短い返事の後ルカは黙り込んだ。詳細は語りたくないらしい。

ルカが今までパーティーに出席したのは、二、三度らしい。男爵家の嫡男としてパーティーに出席するのは、彼の弟であるフランソワの仕事なので、ルカはよほどのことがない限り出席できないのだと本邸の使用人に聞いたことがある。

社交界でもルカの体の弱さは有名らしく、出席すると最初から最後まで体のことを気遣われるのがわずらわしいとルカ自身も零していた。

それはともかく、友人と思しきエドガルドのことも話したがらないとなると、次は何を話題にすればいいのか。

ニーナは、ルカが屋敷を出る原因となった出来事を思い出し、ふとある疑問を抱いた。

「ルカ様、その……お金持ちのマダムは、なぜルカ様を買おうと思ったのでしょう？」

真面目な口調で問いかけると、ルカは仰向けになった。そしてニーナのほうをちらりと一瞥《いちべつ》し、天井に視線を移す。

「さあ……なんでだろうな」

素っ気ない返事だが、自分の意志とは関係なく売られようとしていたルカにとってみれば、理由なんて関係ないのかもしれない。

「こう言ってはなんですが、体の弱いルカ様を囲っても楽しめないと思うのです。昔、侍女仲間に聞いた話なのですが、貴族の女性が若い美少年を好むのは、体力があるからしいのです。その……床での。それなのに、体が弱くて体力のないルカ様を傍に置こうとするのはなぜなのでしょう？」

こんな質問をしてルカは不快に思っていないかと不安を抱き、ニーナは表情を変えない彼の横顔を注視する。

ルカは少しの沈黙の後、静かに話し出した。

「そのマダムは容姿の整った若い男を何人も侍らせている有名人で、今度は観賞するためだけの男が欲しくなったらしい。俺はピアノを弾けるから選ばれた。だから体力がなくても構わないんだろう」

「ピアノ、ですか。それでルカ様なのですね。ルカ様はピアノの腕はもちろん、その美貌も見ているだけで癒やされますから」

マダムの夜のお相手でなかったことを知り、ニーナはホッと胸を撫で下ろした。

彼女に売られないために逃げてきたのだからそんな心配は無用だが、ルカが女性と抱き合っているのを想像するだけで心臓がきゅっと苦しくなるのだ。

けれどどんな理由にせよルカが選ばれるのは当然だとも思った。彼は眉目秀麗である上に背が高くて適度に筋肉がついた良い体をしているし、ピアノを弾くのがうまい。どこをとっても良い男だからである。

マダムが欲しがるのも分かる。と考え、ニーナは「ん？」と首を傾げた。

「ルカ様、マダムとはどこでお知り合いになったのですか？　ルカ様はほんの数回のパーティー出席の時以外はほとんど屋敷にいるのに……。その数回のパーティーで見初められたということですか？　それとも、会ったこともないのに求められたのですか？」

仕切りの枕の上に顔をのせ、少しだけ近づいたルカの顔を鼻息荒く凝視すると、彼は僅かに顔を背けた。

「パーティーで一度会った」

ぼそりと呟かれた言葉に、ニーナは即座に反応する。

「でも、数か月前、パーティーの支度のお手伝いをした時、ルカ様は髪のセットはさせてくださいませんでしたよ？　つまり、パーティー会場でもいつも前髪は上げていないということですよね？　それなのにそのマダムはよくルカ様の美貌に気づきましたね。顔を覗き見られるほど近くで仲良くお話ししたのですか？　まさか、マダムと髪が乱れるようなことをしたとか……!?」

畳みかけるように尋ねた後、自分の考えにショックを受けたニーナは、何度か深呼吸をして動揺を振り払った。

「ないない。そんなことはあるわけないですよね。人嫌いのルカ様が必要以上に誰かと接触するわけがないですもんね。美しさというのはいくら隠そうとしても分かってしまうものですから、マダムは雰囲気だけで見抜いたのですよね。ピアノのことは、ルカ様が直接言ったわけではなく、男爵がルカ様を売り込むために伝えたに違いないです。そうでしょう？　そうだと言ってください！」

疑念と不安と願望と懇願で混乱状態のニーナは、無意識のうちに手を伸ばしてルカの腕を掴んでいた。

境界線を越えたことにすぐに気がついたが、返事を聞くまでは放さないという意気込みでついでに上半身も枕にのせる。

「まあ……だいたいその通りだ。よく知らない人間を買おうだなんて、道楽金持ちの考えていることは俺にもさっぱり分からない」

言いながら、ルカはニーナの手を引き剝がした。

ルカがニーナの推測を肯定してくれたおかげで、心のざわつきが一瞬にして治まる。安堵したニーナは、自分に割り当てられた範囲におとなしく体を横たえた。

「もうその話はいいだろう。寝よう」

またニーナが暴走するのが鬱陶しいのか、ルカはこれ以上の会話を拒絶するように、再び背を向けてしまった。

このまま寝てしまっては勿体《もったい》ないような気がしたが、明日は早くに出発する予定なので素直に従う。

「おやすみなさい、ルカ様」

寝返りを打たずにルカのほうをずっと向いていようと思いながら囁いた。

「おやすみ。おとなしく寝るんだぞ」

邪な考えが伝わってしまったのか、きっちりと釘を刺される。境界線を決して越えてくるなよ、とルカの背中が語っていた。

ニーナはしばらくの間ルカの背中を凝視していたが、乗り慣れない馬に乗ったせいか、思った以上に疲労していたようで体は睡眠を欲していた。次第に瞼は閉じていき、深い眠りに落ちていった。

二章

誰かに呼ばれた気がして、ニーナは振り返った。けれど暗くて何も見えない。

真っ暗闇にニーナは立っていた。ぐるりと全方位を確認したのに、その場には誰もいなかった。

それなのに、誰かがニーナの名前を呼ぶ声だけが聞こえてくる。

「誰……？」

震える声で呟くと、突然視界が明るくなり、三人の人間が目の前にぱっと現れた。

「ニーナ」

優しく名前を呼ぶのは、八年前に流行り病で亡くなった両親だった。息を引き取る瞬間までニーナの心配をしていた彼らは、今も少し眉を寄せて微笑んでいる。

両親の隣には、にこにこと微笑む少年がいた。幼馴染みのクロだ。

両親がいなくなってから親戚の家に預けられたニーナを励ましに、毎日会いに来てくれた心優しい少年である。

「ニーナ、大好きだよ」

はにかんだ笑顔で告げてくれたのに……五年前、彼はニーナの目の前で馬から落ちて儚《はかな》くなった。

三人は、生前と同じ穏やかな笑顔だった。愛おしそうにニーナの名前を呼んでくれている。それなのに、彼らは一歩一歩ニーナから離れていく。

遠ざかっていく彼らに、ニーナは必死に手を伸ばした。

嫌。嫌。置いて行かないで。

愛しているって、大好きだって言ってくれたのに、どうして二度と会えなくなったの？

大好きなのに。ずっと傍にいてほしいのに。

私が必要とする人は、みんな私の前からいなくなる。

大切な人が突然いなくなるのはもう嫌。

私が手を伸ばしたら、またいなくなっちゃうんでしょう？

父さんたちみたいに、いなくなっちゃうんでしょう？

そんなの嫌。

もう求めないから。好きになってなんて言わないから。

だから、ずっとずっと傍にいてほしい。

ずっと私を傍に置いてほしい。

ただ、傍に置いてほしいのです。――ルカ様。


ぶるりと体を震わせ、ニーナは目を開けた。

夢を見ていた気がするが、内容は覚えていなかった。ただ、胸が痛いという感覚だけが残っている。

「……寒い」

部屋の中は真っ暗だ。一瞬、自分がどこにいるのか戸惑ったが、すぐに古い聖堂でルカと一緒に寝ているのだと思い出す。

寝る時はまだルカの顔が見えるほど光が差し込んでいたが、今は本当に真っ暗だ。何時間か眠っていたのだろう。

それにしても寒い。夜中だからというだけでなく、古い建物であるために隙間風が入ってくるのだ。シーツを体に巻きつけてみたが、小刻みに体が震える。

山中であるせいか、男爵家がある町よりこの村は気温が低いようだ。寒さに強いニーナですらこんな状態なのだから、ルカはもっと寒いはずだ。

ニーナは少し体を起こしてルカを見た。相変わらずこちらに背を向けている彼が、シーツを顔半分まで被って寒そうに丸まっているのが夜目のきくニーナには分かった。

このままでは体の弱いルカが体調を崩してしまう。何とかして温めなければならない。温め……。

自分の体温だ！

はっと思いつき、しかしニーナはほんの少しだけ躊躇った。境界線の向こうに行けばルカの怒りを買うのは分かり切っているからだ。

それでも、ルカがつらそうにしているのを見るほうが嫌だ。

「お邪魔しまーす」

ニーナは小声で断ってから、境界線の枕を撤去《てっきょ》し、シーツの上からぴたりとルカにくっついた。するとルカが僅かに揺れた。その直後。

「何をしている？」

地を這《は》うような低い声がして、ニーナはびくっと体を震わせた。

これは相当怒っているに違いないと思いながらも、ルカの背中からは離れない。冷えた体がお互いにじんわりとした暖を取り合い始めたばかりなので、今離れたら余計に寒い思いをする気がした。

「この寒さではルカ様が風邪を引いてしまうと思いまして……。ルカ様はお体が弱いですから」

ニーナはシーツに顔をくっつけ、ごにょごにょと言い訳をした。

私が暖めて差し上げます、といつもの調子で言えないのは、多少の下心に押されて言いつけを破った後ろめたさのせいかもしれない。

すると、短い沈黙の後。

「……弱くない」

ルカは苦《にが》いものを吐き出すように言った。

「え……？」

シーツから顔を上げてルカの顔を見ようとするが、彼はニーナに背を向けたまま続けた。

「俺の体が弱いことにしたいのは父だ。弟に跡を継がせたいのもあるし、俺を離れに閉じ込めるための理由にもなる。本当は弱くなんてない。いつもフラフラしているのは……怪我のせいだ」

抑揚のない口調で告げられた内容に、ニーナは何と言っていいのか分からなかった。

確かにこれまで、ルカは立ち上がろうとしてふらつくことがあったり、一日中ベッドから出てこないことがよくあった。時には高熱を出すこともあり、それらは怪我だけでなく元々体が弱いせいだとばかり思っていた。

今まで上半身の怪我の手当てはさせてくれたので、上半身の傷の程度は知っていた。けれど実は足にも怪我を負っていて、彼はそれをずっと黙っていたということになる。

ルカはニーナや使用人たちの前では、まともに歩けない状態の怪我を隠しつつ、いつも無理をして平気なふりをしていたということか。

「……どうして言ってくれなかったのですか？　怪我をしたところは全部教えてくださいってあれほど言ったのに。いつも上半身しか……」

ニーナは言葉を切って、下唇をぎゅっと噛み締めた。

違う。ルカを責めるのは間違っている。彼の怪我に気がつかなかった自分が悪いのだ。素直に自己申告してくれた腕や腹部ばかりに気を取られて、下半身まで意識がいかなかった。彼は足を引きずったりしなかったし、歩き方も変わりがなかった。今思うと、たまに貧血だと言ってふらついていたのは、足が痛かったからなのかもしれない。

ニーナはルカの体に腕を回し、自分よりも大きな体を抱き締めた。

「……君、自分が何をしているのか分かっているか？」

先ほどよりも低い声で言われ、ニーナはしっかりと頷いた。

「ルカ様を抱き締めています」

「君は無防備過ぎる。俺を男だと思っていないだろう？」

ルカは小さくため息を吐いた。彼の顔は見えなくても、呆れているのは口調で分かる。

「もちろん、分かっていますよ。ルカ様は男性です。だからドキドキするのです」

ヴィオラに触れられた時とは違う。ドキドキしてふわふわして全身の血液が沸騰しそうになるのだから。

「いや、分かっていない」

決めつけるような言い方に、ニーナはむっとする。けれど反論する前に、ルカは体に回していたニーナの腕を摑んでぐるりとこちらを向いた。

「男相手にこんなことをしたら、タダじゃ済まないんだぞ」

聞いたことのないような低く硬い声だった。

え？　と思った時にはすでにルカに組み敷かれていた。ニーナの腕を摑んでいないほうの手で自分の体重を支えているのか、重さはさほど感じない。

彼の長い前髪が下に垂れ、ニーナの額に落ちる。いつもは前髪の隙間からしか見えない榛色と黄緑色の瞳が、何の障害もなく真っすぐにニーナを見つめてくる。

見惚れるほどに大好きな瞳だが、今は何を考えているのか読み取ることができず少し怖く思えた。

「ルカ様、とうとう私の気持ちに応えてくれる気になったのですね！」

あんなにつれなかったのに、と茶化すようにニーナは言った。

そうすれば、ルカがいつもの呆れ顔を見せてくれると思ったのだ。けれど彼は表情を変えなかった。

無表情でじっと見下ろされ、口を塞がれているわけでもないのに妙に息苦しくなる。

「男は好きじゃない女でも抱けるんだ。それでも、そんなことを言えるのか？」

お前のことは好きじゃない、と暗に言われ、傷つきながらもホッとした。

ニーナはにっこりと微笑む。

「ルカ様が私を好きじゃなくても……私はルカ様が好きです。だから、ルカ様になら何をされてもいいのです」

ニーナの腕を摑んでいるルカの手に、ぐっと力が入った。

「……君の『好き』は信用できない」

怒っているような、しかし苦しんでもいるような表情で吐き捨てた後、ルカは顔を近づけてきた。同時に体も重ねてきて、ずしりとした重みを感じる。真っすぐにニーナを見つめたまま迫ってくる彼の瞳から視線を逸らせなかった。

唇にふにゃりと柔らかな感触がした。

口づけ、だ。自分は今、ルカと口づけをしているのだ。

どきりと心臓が跳ねた。ニーナはすぐにぎゅっと目を瞑る。

ルカのことを好きになってから、彼と口づけする想像をしたことがないと言ったら嘘になる。けれど、こんなに生々しい感触を想像したことはない。

ニーナを押さえつけている力強い手も、体にのしかかっている重さも、温かくて意外と柔らかな唇も、想像ではなく現実のものだ。そう思っただけで、頭が真っ白になった。

本物のルカの存在を全身に感じ、その温かさを、重さを、匂いを、感触を、鮮烈に刻みつけられる。

ありえないと思っていたことが実際に起きている。嬉しさよりも困惑のほうが大きい。

どうしていいのか分からずに硬直していると、ルカの唇が一度離れ、甘い吐息とともに再び重ねられた。

ふ……と無意識に息が漏れる。するとお互いの息が混じり合って熱が上がり、唇が敏感になったような気がした。

どうしよう。どうしたらいいのだろう。

ニーナはうっすらと瞼を開いた。暗闇の中でも、さすがにここまで近づけばお互いの表情が分かる。ルカはずっとニーナを見ていたらしく、瞬時に視線がかち合った。

いつもは冷めているルカの目が、熱を出した時のようにうっすらと潤《うる》んでいる。

ニーナは目を瞠った。

熱に浮かされている時のぼんやりとしたルカとは違う。意志のある瞳が射るようにニーナを見ていた。

まるで、ニーナに対して欲情しているような表情だ。今までどんなに好意をぶつけても決して向けられなかった表情である。

突然そんな顔をされても信じられない。それが率直な気持ちだった。

けれど先ほどルカが言っていたように、男はその気になればどんな女でも抱けるのだろう。これまでルカがニーナに対してそんな気にならなかっただけで、こうして同じ床に入ってしまえばニーナでもニーナでなくても女ならば変わりがないのかもしれない。

——女であれば誰でも。

理解はしたが納得できないまま見つめ返した。しばらく見つめ合った後、ルカはニーナの腕を掴んでいるのとは反対の手で、するりと耳の後ろを撫でてきた。

「……っ！」

くすぐったさに思わずびくりと震える。すると噛みつくように唇を塞がれ、ルカの舌が唇を割り入ろうとしてくる。

予想もしていなかったので、驚いて思わず口を開いてしまった。すかさず口腔に入ってきた舌がニーナの舌を絡めとる。

反射的に奥に逃げた舌をルカはすぐに追いかけてきて、表面同士を撫で合わせた。ざらりとした感覚を不思議に思っていると、次第にむず痒《がゆ》くなってきて戸惑う。

舌先でくすぐるように表面を撫でられると、下腹部にじんわりとした熱が生じた。初めて感じるそれが恐ろしいもののように思えて、ニーナは慌てて身を捩《よじ》る。

突然抵抗し始めたニーナに、ルカは一瞬動きを止めた。しかし次の瞬間、唇は離さないままニーナの両腕を素早く頭上にひとまとめにする。易々と片手でニーナを拘束した彼は、動くなと言わんばかりに舌をきつく吸い上げてきた。

痛みと、そこから発生する甘い疼《うず》きに、くたりと体の力が抜ける。

長い時間をかけて舌を根元から先まで舐《な》め上げられ、上顎をゆっくりとした動作で刺激され、怖いほどに体中が熱くなった。いつの間にか瞼を閉じていたので、触覚が必要以上に敏感になっている。

縦横無尽に這い回るルカの舌が、ニーナの体を溶かしてしまうのではないかと危惧《きぐ》するほどに熱い。

これが大人の口づけなのだ。今までニーナが思い描いていたものがどれだけ幼稚《ようち》な妄想であったか思い知った。

角度を変え、強さを変え、ルカは何度も何度も口づけを繰り返す。それが深いものになればなるほど、彼の体の重みが増す気がした。

苦しくて少しでも腕を動かそうものなら、ぎりっと音がするのではないかと思うほど強くベッドに縫《ぬ》い留められ、口腔でぬるぬると動き回る舌は逃げるニーナのそれを強引に吸い上げてくる。

「……ん……ぅ……」

息苦しいのに気持ちが良い、という不思議な感覚で頭が朦朧としてきた。

ルカの舌の動きになんとなくついて行くのがやっとで、自分がどういう状況にいるのか把握できていない。

このまま口づけが続いたら、自分はいったいどうなってしまうのだろうか。そんな不安が頭をよぎった。

けれどそれは、舌先を甘噛みされた瞬間、ぴりりと背筋を駆け抜けた何かと一緒にどこかに消え、絶えず与えられる刺激を受け止めることだけしか考えられなくなる。

あんなに寒かったのに、今はくらくらするほど暑くなっていた。のしかかっているルカの体温も上がっているため、二人の触れ合っている部分がうっすらと汗ばんでいる。

ニーナの全身の力が抜けたせいか、ルカは腕を解放してくれた。それでもそのまま動かせずにいると、彼の指が優しく耳を撫でた。ただ撫でられただけなのに、びくっと体が震える。

その指が耳から首筋へ移動した。触れるか触れないかという強さで這う指は、首筋と鎖骨を往復する。

「……ぁ……ん……」

むずむずとした感覚を我慢できずに、僅かに離れた唇の隙間から甘い声が漏れてしまう。けれどその吐息すらも奪うように、ルカはぴたりと口を塞いできた。今度は舌は使わずに、食むように唇に吸いついてくる。

まるでニーナの唇を食べてしまおうとしているかのように、唇で挟みながら軽く歯を立てる。敏感になった唇はそれすらも愛撫として迎え入れ、痛みまでも快感に変えていった。鎖骨のくぼみをなぞっていた指が、今度は脇の下から腰へ向かう。くびれた部分まで到達すると、くすぐるように腹部を這い、徐々に上へ戻ってきた。

指が二つの膨らみにたどり着く頃には、唇を吸っていたルカの唇が首筋へ下りていた。ちゅっちゅっと軽く口づけながら下がっていった唇が鎖骨辺りで止まる。刹那、ちくりとした痛みが襲った。

それから、二度三度と鎖骨と首筋に小さな痛みを与えられる。甘い痛みに神経が集中している間に、ルカの大きな手がニーナの胸を覆っていた。

服の上から持ち上げるように揉《も》まれ、普段意識していなかった膨らみが性の対象になるのだと改めて気づく。

途端に、自分の体の一部であるはずのそれが、ルカによって別のものにすり替えられてしまったように感じた。ただそこにあるだけだった膨らみが彼の手によって形を変え、じわじわとした甘い疼きを生み出す。

特に中心部を撫でられると腹部に得体のしれない熱が蓄積して、ニーナは無意識に脚を擦り合わせていた。

乳房の柔らかさを堪能しているようだったルカの指の動きが、次第に中心部に集中し始める。押し潰《つぶ》すように撫でたと思ったらきゅっと摘まむ、という動作を繰り返し、何枚かの布の上から的確に突起を探り当てた。

「あっ……！　……んん……」

突起を摘ままれると、痛いような痒いような変な感じがする。息が上がり、じっとしていられなくて身を捩った。

するとルカは爪で引っ掻《か》くようにそこばかりを攻めてきた。緩やかだった刺激が、ぴりぴりと刺すようなものに変わる。

吐息混じりの声を止めることができず、ニーナは自分の口元を手で覆った。今まで聞いたことのない自分の声に戸惑いしか感じない。

自分が自分ではなくなってしまう感覚に恐怖を抱いた。

心地好いだけではない。体が熱くなって変な声が出て、油断すると何も考えられなくなる。とにかくこれまで感じたことのない感覚だ。

この感覚に呑み込まれてしまったら、意識を保っていられないのではないか。そんな不安を感じながらも、ルカの手や唇、舌、重み、匂い、体温、動きをどれか一つでも意識しただけで、体はさらに熱くなる。

「……ぁ……ルカ様……」

口を押さえていた指の間から、ねだるような声が漏れ出た。

熱のこもったその声に応えるように、ルカはニーナの手を口元から剝がし、ゆっくりと顔を近づけてきた。

キスをされるのだと目を閉じて身構える。けれど、吐息がかかるほど近づいたところで、ルカは動きを止めた。

数秒待ってから、ニーナはそっと瞼を持ち上げてみる。

ルカの瞳が確認できたと思った瞬間、下唇をがぶりと軽く噛まれた。反射的にぎゅっと強く瞼を閉じる。

痺れるような感覚に知らず唇が開き、そこから熱い舌がねじ込まれた。ニーナの舌に絡まったそれは、ゆるゆると扱くように上下に動き、舌全体をあますことなく擦る。

ルカの舌が熱いのか、自分の舌が熱いのか、口腔が今までにないほど熱を持っているような気がした。

器用に動く舌が奥まで入ってくるせいか、うまく呼吸ができなくてニーナは縋《すが》るようにルカの腕を摑む。すると、ほんの少しだけ唇が離れた。

今のうちにとニーナが思い切り息を吸うと、間を置かずに再び口を塞がれる。今度は歯列の内側をくすぐるように舌先でなぞられた。

そんな場所は自分だって意識して触れたことがない。最初はくすぐったいと思ったのに、すぐにじんじんするような熱へ変わった。

性感帯というのはそこら中にあるのだと初めて知る。ルカの腕を摑む手にぎゅっと力を入れると、なだめるように頬を撫でてくれた。優しいその仕草に、ふっと肩の力が抜ける。普段は素っ気ないのに、ここぞという時にルカの優しさが垣間見える。

好きでもない女に優しくできるのは、彼が痛みを知っているからだろう。自分がつらい時でも、他人に当たらず頼らず、ひたすら独りで耐えてきたのだ。

好きだから守りたい。好きになってくれなくていい。ただ侍女として傍にいられればそれでいい。それだけでいいのに――。

ルカの手が、ニーナの服の胸元にある紐を解いた。開いた服の隙間から彼の手が入り込んできて、直接肌に触れる。途端に、びくりと大きく体が震えた。

ルカが求めてくれている。それは身に余る光栄というものだ。

けれど、体の関係を持ったら、自分はもっとルカを求めてしまうのではないか。そう思ったら怖くなって体が硬直した。

浅ましくルカを求め、我が物顔で彼を追いかけまわす自分を想像して、一気に熱が冷める。

これ以上は駄目だ。もっともっとルカのすべてを欲してしまってはいけない。ニーナにはその資格がないのだから。

「あ……」

思わず零した強張った声に、ルカがふと動きを止めた。

口づけを止めたルカの顔がゆっくりと離れていったと思ったら、がぶりと首筋の薄い皮膚に噛みつかれる。

「……痛っ……！」

ニーナは小さく悲鳴を上げた。

吸われる痛みの比ではなかった。噛みつかれたところはおそらく血が滲んでいるだろう。

「ルカ様、もっと優しくしてください。私、そういう特殊性癖はありませんから」

咄嗟に出てきたのはそんな言葉だった。こんな時でも茶化してしまう自分が嫌になる。

「強がるな。震えているくせに」

ニーナと目を合わせて言ったルカの目は、先ほどまでの熱のこもったものではなかった。何の感情も見えない、ひんやりとした眼差しだった。

怒って当然だ。自分から誘うようなことをしておいて、いざとなったら怖気づくだなんて。

「こ、これは……嬉しくて震えているのです」

それは、偽りのない本心だった。恐怖も混じっているとは口に出せないけれど。

大好きなルカに求められたのだから嬉しいに決まっている。たとえ戸惑いが拭えなくても、胸の奥底にもやもやとしたものが巣くっていたとしても、彼に触られて嬉しくないはずがない。

それなのに、怖いと思ってしまった。怖いのはルカではない、自分自身だ。

「君は、口から出てくる言葉より、体のほうが正直だな」

言いながら、ルカはニーナの上から体を起こした。

ルカには強がりすら通用しない。案外、ニーナが思っている以上に彼はニーナのことを分かってくれているのかもしれない。

「安心していい。怯えている人間に、これ以上手を出す気はないから。それに俺は眠い」

ニーナが怖がっているのを感じ取ったのだろう。ルカはベッドの端に体を横たえ、ニーナに背を向けてシーツを被った。

「ルカ様……」

ごめんなさい、と謝罪するのは違うような気がして、ニーナは何も言えずにルカの後頭部を見つめた。

「おやすみ」

予想外に柔らかな声でルカが言った。背中を向けた彼が今どんな表情をしているのかは分からないが、腹を立てているわけではないことは伝わってくる。

「おやすみなさいませ、ルカ様」

囁くように応え、ニーナは天井を見上げてシーツを口元まで引き上げた。

おやすみと言いながらも、あんな行為の後でおとなしく眠れるわけがない。ルカもそうなのだろう。もぞもぞと体を動かす音がする。

雨はもう止んだらしく、外から聞こえてくるのは虫の声くらいだ。その音に耳を傾けて目を瞑っても、頭はいつまでも冴えていて睡魔はいっこうに訪れてくれない。

眠れない時はハーブ入りのお茶や、乾燥させたハーブを枕元に置くといいのだが、安眠用のハーブは残念ながら持ち合わせていない。

それ以外は……足を温めると眠くなる。ここにお湯はないので、足先を動かすしかないだろうか。

あまりバタバタするとルカの眠りの妨げになるので、小さく足の指を閉じたり開いたりしてみる。すぐに効果はないが、次第に足先が温まってくるのを感じた。それならもっと、とその動きを繰り返しているうちにだんだん楽しくなってきてしまった。

どれくらいの時間そうしていただろうか。気づけば、隣からルカの小さな寝息が聞こえてきた。彼の寝息につられて、ニーナもうとうとしてくる。

これで眠れる。そう安堵した時。

「……うっ……く……」

規則正しい寝息をたてていたはずのルカが、突然唸り始めた。苦しそうなその声に、ニーナは慌てて起き上がる。

「ルカ様……？」

顔を覗き込むと、ルカは眉間に深いしわを寄せていた。

「……くっ……い……だ……」

途切れ途切れに漏れ聞こえる声は、不安になるくらい苦痛に満ちていた。悪夢を見ているのだ。

これ以上悪い夢を見ないように、すぐに起こしたほうがいいのだろうか。

「ルカ様……」

「……嫌、だ……なんで……とうさ……」

声をかけると同時に聞こえてきた言葉に、ニーナははっと息を呑んだ。

ルカがどんな夢を見ているのかが分かった。彼は夢の中でも現実と同じように苦しんでいるのだ。

ニーナはすぐにルカの手を握った。

「大丈夫ですよ、ルカ様。もう怖くないです。ここには痛いことをする人はいません」

言い聞かせるように優しい声をかける。すると、握った手にぎゅっと力が込められた。

ルカの爪が皮膚に食い込むが、どれだけ強く握られてもニーナはこの手を離す気はなかった。

自分が痛いのは我慢できる。こんな痛みはどうということはないのだ。――ルカに比べれば小さな痛みだ。

ニーナはあの屋敷で働き始めてからずっと思っていた。ルカを連れて逃げ出したいと。けれど結局、実行に移すことができなかった。彼を助けることができなかった。毎晩眠る前に後悔に苛まれて、もっと何かできたのではないかと考える日々だった。そんな日々ももう終わりを告げたというのに、まだルカは苦しんでいる。

ニーナはルカの手を握っていないほうの手で、彼の頭を優しく撫でてみた。

「お父様は、ここにはいませんよ」

だから大丈夫です、と頭を撫でながら何度も耳元で囁くと、次第にルカの眉間のしわがなくなっていった。寝息も規則正しいものに戻る。

痛いくらいに握られていた手も徐々に力が抜けていったが、離すことはなかった。

しばらくルカの寝顔を眺めてから、ニーナはそっと体を横たえる。

安心した顔でルカが眠っている。もう魘されませんようにと願い、ニーナは瞼を閉じてふふっと微笑んだ。

こんなふうに手を握ったまま寝たなんて知ったら、ルカは不機嫌になるだろう。それでも、温かなこの手を離す気にはなれなかった。

人の体温は安心する。心からの安らぎを感じて、ニーナはすぐに深い眠りに落ちていった。

三章

ヴィオラは保存のきく食料が入った袋を手に、男爵家の正門前に立っていた。

まだ夜も明けきらぬ早朝に、目の前で三人の男たちが旅支度をしている。男爵の侍従と下男、そして最近ルカの友人として遊びに来るようになったエドガルドという男だ。夜明けとともに出発するらしく、急いで鞍に荷物を載せていた。

昨日の朝、突然姿を消したルカを捜しに行くためのメンバーだが、男爵令息を捜索するのにたった三人だけというのは少な過ぎる。

聞いた話によると、なるべく少人数で、とエドガルドが男爵に進言したのだそうだ。貴族の息子が家出をしたなどという醜聞を広めないため、少人数で目立たないように捜すほうがよいと説得したらしい。

なぜルカがいなくなったのか、その理由はいろいろと思い当たるが、彼が実際に行動に移したことがヴィオラには意外だった。

体が弱く、いつも顔を青くしているか熱を出している印象の彼が、屋敷の外に出て無事でいられるはずがない。だから、どんなにここから解放されたくても自ら出て行くことはないと思っていた。

それに何よりもルカ自身、自分の人生を諦めてしまっているように見えたので、こんな事態は予想外だった。

侍従たちから少し離れた場所で、彼らの旅支度を待つエドガルドにヴィオラは急いで近づいた。そして挨拶もそこそこに彼に食料の入った袋を押しつけ、単刀直入に訊く。

「エドガルド様、あなたは敵ですか？　味方ですか？」

ヴィオラは真っすぐにエドガルドを見つめた。彼は一瞬驚いた顔をしたが、袋を受け取って面白そうに笑う。

「それは、ルカ様にとっての、ですか？　それともあなたにとって？」

真面目なのかふざけているのか、エドガルドの軽い口調にヴィオラはむっと眉を寄せる。

エドガルドは精悍な顔つきをした長身の青年で、ルカのところに来る度にお土産だと言って美味しいお菓子を使用人の分まで持ってきてくれる。そのため、使用人たちの間では好青年だと人気があった。

けれどヴィオラはこの胡散《うさん》臭い笑顔がどうしても好きになれず、彼のことを苦手としている。

だから話しかけたくはなかったが、どうしても訊いておかなければならないと思って、気力を振り絞りここにいるのだ。

「どちらもです。私とニーナはルカ様の味方ですから」

あなたは？　と視線で答えを促すと、エドガルドは大仰に頷いてみせた。

「もちろん、私も彼の味方です」

「それならなぜ捜索隊に加わったのです？　ルカ様のお味方なら、このまま逃がして差し上げればいいのでは？」

それなのに、自ら進んで捕らえに行くなんて、どうしても味方には思えない。

疑わしい気持ちを隠さずに腕組みをしたヴィオラに、エドガルドはずいっと顔を近づけてきた。咄嗟に体を遠ざけようとしたヴィオラだったが、次の言葉を聞いて踏み止まった。

「実は私、警備兵なのです」

「え？」

エドガルドの職業を初めて知った驚きと、それが何なのだという戸惑いで眉を寄せる。

するとエドガルドは、ルカの部屋があるほうを指さした。

「彼が自ら屋敷を出て行ったという証拠はないでしょう？　部屋は荒らされていなかったので誘拐の線は薄いですが、万が一のことを考えて同行を申し出たのです。公にしたくないという男爵の意向で、警備隊からは私一人の参加ですが」

もっともらしい理由だ。けれどそれをすべて信じる気にはなれなかった。

ヴィオラは、笑みを浮かべるエドガルドをきっと睨みつける。

「あなたはルカ様の友人だとご自分でおっしゃいますが、私にはそうは見えません」

挑むように言えば、エドガルドの片眉が上がった。

「なぜですか？」

面白がっているようにも見えるその表情に、ヴィオラは目を細めた。

「あなたはルカ様のことを本気で心配しているようには見えません。もし少しでも誘拐されたと思っているなら、もっと慌ててもいいはずです。それに、誘拐ではなくルカ様が自ら屋敷を出たとしても、友人であればそのことを話してもらっていたはずなのに、あなたは何も聞いていないのでしょう？」

エドガルドは心外だとでも言うように大きく肩を竦《すく》めた。

「心配していますよ。だからこうして捜索隊に加わっているのです。……でもあなたの言う通り、確かに私は彼から何も聞いていません」

苦笑したエドガルドは、「友人失格ですね」と落ち込んだように首を振る。

その大袈裟にも見える仕草が嘘くさいのだ。

昨日の朝、エドガルドはルカに会いに来た。本当は夕方に会う予定だったのだが、夕方に別の用事ができたので朝来たのだと言った。

　その時には、ヴィオラはニーナとルカが屋敷内にいないことを知っていた。ニーナが書き置きをしていったからだ。だからエドガルドにも、他の使用人たちにも、ルカは気分が悪くて寝込んでいると嘘をついた。

　それなのにこの男は、ルカが起き上がれるようになるまで待つ、と言って居座ったのだ。ルカがいないことをいつ知られてしまうかと気が気でなかったヴィオラは、この男を追い出そうと画策した。それもすべてのらりくらりと躱すエドガルドのせいで失敗に終わったのだが。

　そうこうしているうちに昼近くになり、朝食兼昼食を持ってきた使用人が今日はニーナがいないことをエドガルドに話してしまい、『まさか二人で寝室に？』と興味津々になった彼が寝室を覗いてルカがいないことに気づいてしまった。必死に止めたというのに、礼儀のなっていないこの男に振り切られてしまったその屈辱がいまだに忘れられない。

　咄嗟にニーナのことは誤魔化せたが、ルカのことで良い言い訳が出てこず、エドガルドが離れだけでなく本邸にまで行ってルカを捜し始めたため、男爵に知られるはめになった。

　本当なら、ヴィオラが男爵に報告しなければならないのだが、常日頃からルカを助け出したいと言っていたニーナの気持ちを知っていたので、彼らがなるべく遠くへ逃げられるように一日ほど報告を遅らせるつもりでいたのだ。

だが、エドガルドのせいでその計画も水の泡になった。だから、ヴィオラは彼を敵だと認定した。

エドガルドを止められる言い訳を考えられなかった自分が悪いのだが、ヴィオラが何を言っても論破していく彼が憎たらしくて仕方がない。

その後、すぐに捜索隊が結成されたのだが、突然降り出した雨を理由に、エドガルドが危険だと言って彼らを止めた、という経緯があった。

本気で心配している友人なら、雨でも嵐でも飛び出すものではないか。もちろん、捜索には行かせたくないが、彼が本物の友人ならそうするはずだと思い、ヴィオラはじとっとエドガルドを見た。

「心配しているのなら、昨日のうちにルカ様を捜しに行かなかったのはどうしてですか?」

不機嫌顔のヴィオラに、あなたが言いたいことは分かっています、と言わんばかりの表情でエドガルドは頷いた。

「すぐにでも行きたかったのですが、雨が降ってきたから踏み止まりました。まあ、先ほど言った通り、誘拐の線は薄いですし、私自身、誘拐だとは思っていません。彼は彼の意志で屋敷を出たのでしょう。ですがこんな大雨なら、ルカ様もどこかで足止めを食っているはずです。男爵家の馬がいなくなっていないということは、ルカ様は徒歩で移動していると考えられます。だからそんなに遠くへは行けないでしょう。それにルカ様は一文無しらしいのです。お金がなければ馬車にも乗れないですよね。それなら翌日馬で後を追っても間に合うと思いました。男爵家の皆様を危険な目に遭わせないための判断です。二次被害、三次被害は避けたいですからね」

「雨でルカ様に危険が及ぶことは考えなかったのですか？　それを助けに行こうとは思わなかった、と？」

　捜索隊が危険な目に遭う可能性があるということは、ルカ自身、それに一緒にいるであろうニーナにもその危険があるということだ。それなのにエドガルドは捜索隊のほうを守ろうとするのか。

　ますます険《けわ》しくなるヴィオラの顔を見て、エドガルドは困ったように笑った。

「彼は聡明な方です。無茶はしないという確信がありました。それに、雨が降る前に捜索に行けなかったのはあなたのせいでもあるんですよ。あなたが朝すぐに男爵に報告しなかったせいです。彼を捜しに行こうと準備を始めた時には、歩くのすら困難な天気になっていたのですから」

　今度はヴィオラが責められる流れになった。

　言い返そうと口を開く前に、にやりと口角を上げたエドガルドが続けた。

「しかもあなたは、ニーナがいなくなったことを男爵に報告していない」

　一瞬ぎくりとしたヴィオラだが、すぐに表情を取り繕い、昨日も言った理由を告げる。

「ニーナは、休暇を取って実家に帰って……」

「どこからか逃げるようにしてこの町に来たのに？　彼女は帰りたがりますかね。それにもし彼女から実家に帰りたいという申し出があっても、あなたが許可するとは思えませんが」

ヴィオラの嘘をエドガルドがすかさず遮った。彼の言葉に、ヴィオラは大きく目を見開く。

「なぜあなたがニーナの家の事情を知っているのですか？」

この屋敷でニーナの事情を詳しく知っているのはヴィオラだけのはずだ。ヴィオラは誰にも話していないのに、いったい誰から情報を得たのだろうか。まさかニーナのことを調べたとでも言うのか。もしそうならいったい何のために……？

警戒心を露わにしていると、エドガルドは悪びれることなくニッコリと微笑んだ。

「男爵から、あなたがある日突然ニーナを連れてきたことを聞いたのです。その話から、彼女の境遇を推測してみました。私の想像は当たっていたようですね」

かまをかけられたと分かり、ヴィオラは下唇を噛み締める。

迂闊《うかつ》だった。この男の言うことはすべて疑ってかからなければならないのに。あんなにも正直に反応してしまうなんて。

「……あなたは、このことも男爵に報告するのですか？」

窺うように見れば、エドガルドはふと真面目な表情になった。

「いいえ。私はあなたの味方でありたいと思っていますよ」

じっと見つめてくる彼の瞳は、今までの芝居がかったものではなく見えた。真摯、と言っても良いそれにヴィオラは戸惑う。

言葉が出ないヴィオラから、エドガルドは視線を逸らした。

「でも、あなたを泣かせてしまうかもしれません」

ぽつりと呟くように零れたのは、いつも自信満々な彼にしては弱気な発言だった。この男は何を言っているのだろうと、ヴィオラは腹立たしさを覚えた。

ヴィオラが泣くのは、ルカやニーナに何かがあった時だ。彼の言い方だとまるでニーナたちに何かがあるかもしれないと言っているようなものではないか。

「私のことはいいのです。ルカ様とニーナにもしものことがあれば、私はあなたを許さない」

強い口調で言うと、エドガルドはヴィオラに視線を戻す。そして僅かに沈黙した後、小さく苦笑した。

「肝《きも》に銘《めい》じます」

わざとらしく大袈裟に頷いてみせたエドガルドに、ヴィオラは苛々が募った。

どこまで本気なのだろうかとエドガルドを睨んでいると、下男が声をかけてきた。出発の時間だ。

「ルカを引き渡す約束の日は三日後だ。それまでには必ず連れ戻せ！　顔と指以外なら多少痛めつけても構わん！　死ぬ気で捕まえろ！」

いつの間にそこにいたのか、侍従と下男の前には男爵がいて、耳を疑いたくなるような命令を下していた。

男爵はぎょろぎょろとした目で侍従たちを睨み上げながら、忙しなく片足を揺らしている。その貧乏ゆすりのせいで贅沢をし過ぎてぽっこりと出た腹部が揺れていた。

侍従と下男は、男性にしては背の低い男爵を見下ろしているが、その目は尊敬している主人に向けるものにはとても見えない。それでも真剣な表情を作って男爵の言葉に頷いていた。

彼らは男爵よりも夫人の言うことを喜んで聞く人間だ。理由は単純、夫人が美女だからである。ルカの外見は夫人とそっくりだが、男爵とは似ても似つかない。

似なくて良かったとヴィオラは心底思っていた。男爵のことがあまり好きではないからだ。とは言っても、夫人のことも良くは思っていない。彼女は一度もルカに会いに来なかった。ルカが青い顔でフラフラしていても、熱を出して寝込んでいても、心配する様子すらなかったのだ。

男爵夫婦はルカを疎ましく思っている。それは、この屋敷で働いている人間なら誰もが知っている事実だ。

　一介の使用人であるヴィオラが口出しできることではないのは百も承知だが、孤独なルカに対して同情の念を禁じ得ない。

　――ルカ様とニーナが彼らに捕まらずに逃げ切れますように。

　ヴィオラは心の中で強く祈った。

「では、また」

　短い挨拶の後、エドガルドは侍従と下男と合流し、相変わらずの胡散臭い笑みを張りつけて出発した。ヴィオラは、彼らの後ろ姿が見えなくなるまでその場に立ち尽くしていた。

❀　❀　❀

　人の動く気配がして、ニーナはふと目を覚ました。

　ゆっくりと瞼を開けるとまだ辺りは暗闇に包まれていたが、目の前にルカの顔があるのが分かった。寝起きのはずなのに、やけに整った綺麗な顔だ。乱れた前髪の隙間から見える双眸が、じっとこちらを見ている。

　――ルカ様と朝を迎えるなんて、素敵な夢……。

　これは夢だと思い、もう一度瞼を閉じる。けれど、すぐにかっと目を見開いた。

寝起きの頭で状況を理解するのに少し時間がかかってしまったが、これは現実だと思い出す。

「……おはよう、ござ……」

掠《かす》れた声が口から出てきた。恥ずかしくなり、ごほんと咳払いをして言い直す。

「おはようございます、ルカ様」

「おはよう」

返ってきたのは、早朝でもまったく変わらない美声だった。

彼を朝起こす時に聞くいつもの声と同じなのに、二人でベッドに横になったままだと甘さが滲んでいるような気がしてしまう。

——どんな時でもルカ様はお美しい……。

そこまで考えて、ニーナは今更ながら自分の寝起きの状態に危機感を抱いた。急いで髪を整えようと手を持ち上げるが、なぜかずしりと重くて動かすことができない。

見ると、ニーナの右手はルカの手とがっちり繋がれていた。彼はその手を離すことなく、ひどく複雑そうな顔でニーナを見ている。

手を繋いで寝ていたことに不機嫌になっているのかと思いきや、怒っているふうでもなく、だからと言って嬉しそうでもない。この顔は、いったいどんな心境なのだろうか。

ニーナは首を傾げてルカの顔を覗き込んだ。

「どうしたのですか？」

いつもはニーナが触れるのを拒むくせに、どうして手を離さないのか。心底不思議に思った。

「俺たちはなぜ手を繋いでいるのだろう？」

ルカもニーナと同じ方向に首を傾げ、繋いだ手を軽く持ち上げた。その言葉から、不本意だという感情がありありと伝わってきた。

ニーナは正直に話す。

「ルカ様が魘されていたので、安心していただくために手を繋いだのですが、それからずっと手を離してくださらなかったので……」

そのまま寝ました、と告げると、ルカは苦虫を嚙み潰したような表情になった。

「そうか。ありがとう。安眠できたよ」

嫌そうな顔でお礼を言われてしまった。言葉と表情が一致しないが、お礼を言われたということは、良いことをしたということだ。

ニーナはぱっと笑顔になり、調子に乗って彼の手を指ですりすりと撫でる。

「それは良かったです。これからも、ルカ様が寝る時は手を繋いで……」

「結構だ」

これから毎日手を繋いで寝ようという提案はすげなく断られ、しかもずっと繋いでいた手を呆気なく離されてしまう。

急に離されてひんやりとした冷気を感じた手は、体温を求めてルカへと伸びる。けれど彼は素早く躱してベッドから下りた。

「朝食後、すぐに出発だ」

「あ、待ってください！」

ここに置いて行かれるわけではなさそうだと安堵したニーナは、服装を軽く整えてさっさと寝室を出て行くルカを慌てて追いかける。

そして言葉通り、簡単に朝食をとった後、馬にも食事と水を与えてまだ暗いうちに出発したのだった。


国から出たことのないニーナは知らなかったが、隣国へ行くには一度この村の中心部を通って、その先にある山道に入らなければならないらしい。

村とはいえ、ニーナたちのように隣国へ行く人間がここを通って行くので人通りは多いとルカは言った。屋敷を出る前にきちんと下調べをしたらしい彼は、道を間違えずに旅路を進んでいる。昨日の雨でぬかるんだ道と、予定外のお荷物であるニーナのせいで速度はゆっくりではあるが。

それと、これも知らなかったのだが、隣国へは平坦な道を通る別のルートもあるのだそうだ。けれどそれは山を迂回しなければならないので、山越えをするよりも数日余計にかかる。だから時間がある人はそちらを行き、急いでいる人たちはこの村の森を通るのだという。二日ほどかけて道の険しい森を抜けるのが一番の近道なのだ。だが森は危険を伴うため、ほとんどの商人や旅人は平坦な道を選ぶらしい。

まさか二日かけて森を抜けるとは思っていなかったニーナは、自分があまりにも準備不足であったことを思い知る。

「ルカ様、安全な道を進むという選択は……ないですよね？」

村の中心部へ向かう道を歩きながら、ニーナは隣で馬の手綱を引いているルカを恐る恐る窺う。

完全に日が昇り、人通りが多くなったので一時的に馬を下りた……というわけではなく、ぬかるんだ道のせいで昨日よりも馬上が揺れ、そのせいで気分が悪くなったニーナが嘔吐したせいで、二人は馬を引いて歩いていた。

道端で吐き続けるニーナを置いて行かずに介抱してくれたルカには感謝しかない。

急遽《きゅうきょ》酔い止めの薬草をすり潰して飲んだが、まだ馬には乗れそうにない。それなのに文句も言わずにルカが一緒に歩いてくれていることが不思議だった。どういう風の吹き回しか、今日はやけに親切だ。

気分が悪い人間を放置するほど薄情ではないと分かっているが、邪魔なニーナを置いて行くには今が好機だとニーナですら思っているのだ。なぜそうしないのだろうか。

もしかして、振り切る隙を今か今かと狙っている最中だったりして……。

警戒しながらルカの返事を待っていると、彼は前を向いたまま口を開いた。

「なるべく早くこの国を出たいから、その選択肢は最初からない」

きっぱりと断言され、予想通りの言葉に『ですよね』と頷くしかなかった。

ルカは一人分の食料しか持っていないのだから、その他の旅道具も一人分しかないだろう。ということは、ニーナは今から、自分の分ともしもの時の予備の山越え用品を準備しなければならない。

荷物の中にズボンがあったので今日はそれを穿《は》いているが、この先山越えをするならもう一枚くらいは欲しい。防寒具も必要だ。

馬酔いしてルカに迷惑をかけたのは想定外だった。ここから名誉挽回《ばんかい》するしかない。

「ルカ様、あそこにお店があります。少しだけ時間をください。ささっと行って、ささっと戻ってきますから」

通り道には、何軒かの店があった。旅人向けの店だろう。食料や雨具、鍋や衣類など、雑多な品が並んでいる。

「金はあるのか？」

ルカは自分の荷物に手をかけながら訊いてきた。まさか、ないと言ったら出してくれるつもりなのだろうか。

ほとんど屋敷の中で過ごしていた彼がお金を持っているとは思っていなかったので、ニーナは驚きを隠せない。

男爵は浪費家で、自分と夫人やフランソワにはお金をつぎ込むくせに、ルカにはほとんどお金を使わない。ルカの部屋にある家具は、使用人が丁寧に手入れをしてやっと使えるような代物《しろもの》で、唯一貴族らしいものと言えば、男爵夫人のお古のピアノくらいだ。

ルカはピアノさえあれば良いと思っているらしく、物を欲しがるどころか使用人に何かをしてくれと要求することすらなかった。だから彼は無一文だと思い込んでいたのだ。

ニーナは麻袋を抱え、ルカを手で制する。

「ここに私の全財産が入っていますから大丈夫です」

今までの給金のほとんどがここに入っている。ルカほどではないが、ニーナも物欲はないので貯まる一方だったのだ。これは、ルカとのこれからの生活のために使うと決めていた。

まだ完全には復活していないニーナはよたよたとした足取りで店に向かうが、途中で振り返ってびしっとルカの足下を指さす。

「絶対にそこから動かないでくださいよ！　いなくなったら、大声で名前を叫んで捜し回りますからね！」

万が一ここで置いて行かれても地の果てまでも追いかけてやるという様子のニーナを、ルカは呆れた顔で見て、おざなりに手を振った。

「分かったから、早くしろ」

早くしろと言われたので、ニーナは何度も振り返ってルカがいることを確認しながら素早く買い物を済ませる。

保存のきく食料を余分に買い込み、山越えに必要な用品一式を揃えた。荷物は増えたが、鞍にはもう少し余裕があるので馬に頑張ってもらおう。

荷物を背負って戻ると、きちんとその場で待っていてくれたルカが、ニーナの荷物を受け取って鞍に載せてくれた。——怖いくらいに親切だ。

「……あの、ルカ様。今日は……その……どうしたのですか？」

親切なのが不気味です、とは言えず、ニーナは言葉を濁《にご》した。

「どうした、とは？」

自分の言動の変化に気づいていないのか、ルカは怪訝な表情になった。

「……ええと、ちょっといつもと違う……というか」

言っていいものかどうか口ごもるニーナに、ルカは目線で言葉の先を促した。ニーナは思い切って思っていることを素直に言葉にする。

「今日のルカ様、すごく優しいですよね。馬に乗る時に手を貸してくださいましたし、吐いている間は背中を擦ってくれて、歩く速さも合わせてくれました。いつものルカ様なら私の荷物なんて無視するはずですし、私が弱っている間に馬に乗って逃走しそうなのに……ずっと一緒にいてくれて、しかも親切だなんて……ものすごくおかしいです！」

「…………」

正直に告げたら、ルカは黙り込んでしまった。

「ルカ様……？」

少し言い過ぎたかと反省していると、ルカはぎこちない動きで顔を逸らした。

「……俺はそんなことをしていたか？」

囁いているのかと思うほど小さな声だったが、ニーナはしっかりと聞き取った。

「え？　無自覚でやっていたのですか？」

それはそれで問題がある。

ニーナはルカの額に手を当てた。

「熱は……ありませんね。眩暈がするとか気持ちが悪いとか、何か症状はありますか？」

元気そうに見えるが、実は調子が悪くて意識が朦朧としているため、普段と違う言動になっているのかもしれない。

持っている薬草は効くだろうかと考えながらルカの全身を確認していると、乱暴に手を振り払われた。

「だから、体は弱くないと昨夜言っただろう。なんでもない。気の迷いだ。すぐにいつも通りに戻る」

早口で言って、ルカは大股でずんずん歩いて行ってしまう。

慌てて追いかけたが、駆け足でやっと追いつく速さだ。しかも、隣に並んだと思った瞬間、ルカはひらりと馬に飛び乗った。

「ルカ様!?」

今度こそ本当に置いて行かれるかもしれないと焦ったニーナは、目の前にあるルカの足にがしっとしがみついた。

「ルカ様は早くこの国を出たいのに、私のせいで無駄な時間を使わせてしまって申し訳ありません！　気の迷いの優しさでもすごく嬉しかったです！　だからルカ様のお役に立たせてください！　お願いします！　もう馬酔いはしません！　早く二人で先に進みましょう！　連れて行くと約束してくれるまでこうしていますから！　ご恩をお返しするまでルカ様の傍を離れない所存です！」

どんな理由をこじつけてでも絶対に離れたくない。一緒に行かせてほしい、というか、どこまでも食らいついて行くという宣言だ。

このまま馬で駆けられたら、ニーナの足で追いつけるはずがない。たとえ馬が走り出してもこの足は離さないぞと腕に力を込めると、頭上からため息が降ってきた。

「殊勝《しゅしょう》なことを言っているようで、脅しの要素が強いお願いだな……」

見上げたニーナの目に、ルカの呆れ顔が映った。けれど、フードの下に見えるその瞳は優しい。

ルカは置いて行くつもりで馬に乗ったわけではないらしい。それが分かり、ニーナは彼の足から離した両腕を笑顔で突き出した。

引き上げてもらうつもりで出した腕をルカは無言で見つめていた。ニーナが早く早くと急かすと、諦めたように小さく首を振り、「せめてどこかに掴まれ」と文句を言いながら引っ張ってくれた。

相変わらずルカの後ろに乗せられたが、彼を抱き締められることが嬉しいので、ずっとここでもいいかもしれないと思えてきた。

馬はゆっくりと進む。揺れが小さくなるようにという配慮なのか、ルカは慎重に手綱を握って速度を調整していた。

それでも、しばらくすると胃の辺りが再びむかむかし始めた。馬酔いはしないと宣言した手前、ニーナは黙ってそれをやり過ごす。

——大丈夫大丈夫。酔っていない酔っていない。

心の中で何度も繰り返し、自分を暗示にかける。

まだ村の中心部を抜けていない。これ以上この村に留まったら、ルカを追ってくるであろう屋敷の誰かに見つかってしまう。すでに予定より半日近く遅れているのだ。本当なら今頃は山道に入っていなければならないというのに……。

ニーナのせいでルカが連れ戻され、お金のために売られるなんて絶対に嫌だ。だからと言って、自分を置いて行けとも言えない。

「……ごめんなさ……ルカ様……」

足手まといになっているという罪悪感と自己嫌悪で、余計に気分が悪くなった。

その声でニーナの限界が近いと気がついたらしいルカが、すぐに馬を止めてくれる。そして素早く飛び降りると、くずおれるニーナを受け止めてくれた。

「……ごめ……なさい……」

馬から落ちた振動で限界を迎えたニーナは、うぷ、と込み上げてくるものを我慢して口を押さえた。道の端によろよろと蹲《うずくま》り、何とか吐き気を紛らわせる。

——足手まといのくせに迷惑ばかりかけて、本当に駄目人間だわ。

泣くつもりはないのに、涙が一気に溢れ出た。

ぼろぼろと涙を流して吐き気と闘っていると、背中に温かくて大きな手が添えられた。

その手が、何度も優しく背中を擦ってくれる。

単純だが、それだけで元気になれる気がした。先ほどもルカのこうした介抱のおかげで歩けるようになったのだ。

「まだ本調子ではないのに馬に乗せて悪かった」

水の入った革袋を渡してくれながらルカが言った。

先ほど「すぐに元に戻る」と言っていたのに、やはり怖いくらいに優しい。手だけでなく声までも優しいなんて、もしかしてまだ夢の中にいるのかと疑ってしまう。

「どうして……ルカ様……が謝るのですか。……全部……私が悪いのです」

声を出すと違うものまで出てきそうで慎重に口を開いた結果、言い切るまでに結構な時間がかかってしまった。それでもルカは辛抱《しんぼう》強く待ってくれた。普段ニーナが話しかけても聞き流されるばかりだったのに。

もちろん、ルカが優しいことは知っているが、無視をされず邪険にもされないのは、どうにも居心地が悪い。

受け取った水を無理やり飲み込み、ニーナは冷や汗と涙でぐちゃぐちゃの顔を上げた。するとルカは、どこからか取り出した布でニーナの顔を拭ってくれる。

「顔色が悪いな。あそこにある長椅子まで歩けるか？」

ルカが指さしたのは、通りから少し逸れたところにある井戸だった。共同井戸なのか、休憩用の古い木製の長椅子が置かれている。

「……肩を……貸してください」

遠いわけではないが十歩以内の距離でもない。たどり着けるか不安だったニーナがそう懇願すると、なんと、何の前触れもなく突然抱き上げられた。ひょいっと横抱きにされ、驚き過ぎて思考が停止している間に長椅子に座らされる。

――やっぱりこれは夢だわ。

優しい言葉をかけたり背中を擦ったり汗を拭ったりするのは、いつもニーナの役割だった。さすがにニーナでは横抱きはできないが、ルカがフラフラしている時は背負ってベッドまで連れて行ったりしていたのだ。それを全部ルカがしてくれるなんて……。

――夢だとしか思えない……。

しかも、熱を出してフラフラしているイメージしかないルカが、ニーナをしっかりと抱き上げて運んでくれた。彼にそんな筋肉があったなんて信じられない。

「……良い夢……」

気分は悪いが幸せを感じながら、ニーナは長椅子に横になる。硬くて寝心地は悪いが、夢ならきっとすぐにふわふわの感触になるはずだ。

「とにかく休め」

じんわりと体に沁み込むような大好きな声がした後、井戸水で濡らしたらしい布を額に当てられる。

ひんやりとした感触が気持ちいい。

寝ている場合ではないのに、ニーナの意識はすうっと何かに吸い込まれるように落ちていく。

——早く起きないと、ルカ様に迷惑がかかってしまう……。早く起きて……逃げて……隣国に……。

そこまで考えて、ニーナの意識は途絶えた。

四章

ゆらりゆらりと体が揺れた。

まるで揺り籠の中にいるように、温かく包み込まれている。母親が抱っこしてくれた時や父親がおんぶしてくれた時と同じような安心感があり、ニーナはまどろみの中、その心地好い浮遊感に身を任せた。

「……父さん、母さ…ん……」

声にならない声で両親を呼ぶ。

──会いたい。……ああ、でも、呼んでももう来てくれない……。

そう思った直後、がくんっと落下する感覚がして、突然覚醒《かくせい》した。

ぱっと瞼を上げると、目の前にルカの横顔が見えた。ニーナは頭を彼の肩にのせていたらしく、至近距離に綺麗なラインの顎がある。

ルカは真剣な表情で首をのばしていた。何かをこっそりと見つめているようだった。

「ルカ様……」

声をかけると、彼ははっとした表情でニーナを見下ろし、手で口を塞いできた。

「静かに」

小声で鋭く言った彼に、ニーナはぎこちなく頷く。

どれだけ寝てしまったのだろうか。吐き気はなく、すっきりとした気分だった。

訊きたいことはあるが、ルカが静かにしろと言うので声は出せない。

何があったのだろうと辺りを見渡して初めて、ここが井戸の脇にあった長椅子の上ではなく、小屋のような建物の陰だと気づいた。そして自分が今、地面に片膝をついたルカの太ももにお尻をのせる状態で彼の腕の中にいることを知った。

眠っていたニーナが地面に落ちないように抱きかかえてくれていたのだろう。ルカの腕がしっかりと腹部に巻きついていた。

それはまるで恋人同士の抱擁のようで、ニーナは何気なさを装ってルカの首筋に顔を埋めてみる。だが彼はすでにニーナの口から手を離し、再び建物の角から忍ぶようにして、あちら側に視線を戻していたので何の反応もなかった。

それはそれでつまらなくて、ニーナはルカの視線を独占するものを確認するため、彼と同じように首をのばしてみる。

そして、視線の先にあるものを目にした瞬間、ひゅっと息がつまるような声が出た。

「ル……」

ルカの名前を呼ぼうとして、慌てて口を噤《つぐ》む。気づいたルカが、ニーナを見て頷いた。

二人の目線の先にいたのは、男爵家の侍従と下男、そしてエドガルドという異色の組み合わせの男たちだった。

なぜエドガルドが男爵家の人間と一緒にいるのだろうか。ルカの友人として彼らと一緒に捜しに来たということなのか。

彼らは、ニーナが横になっていた長椅子の脇にある井戸で水を汲んでそれぞれの馬に飲ませていた。その斜め後ろにある小屋の陰にニーナたちはいるのだ。井戸とこの小屋は成人男性が数歩も歩けば着いてしまう距離なので、彼らが少しでも歩き回ればすぐに見つかってしまう。

きっと、彼らに気づいたルカが慌ててニーナを抱え、ここに隠れたのだろう。馬も荷物もない状態から、彼がどれだけ焦っていたのかが分かる。

二人が乗ってきた馬はどこに行ったのだろうと辺りに視線を移すと、道の向こう側の木々に囲まれた原っぱで草を食んでいるのがちらりと見えた。食事のためにルカが放ったのだと思うが、荷物を積んだ馬が近くにいないのは幸いだった。おかげで、ここに人が隠れているとは気づかれにくい。

ニーナは息を殺し、彼らの動きを覗き見る。

すると侍従が、進んできた道を振り返りながらエドガルドに言った。

「ここに来るまでの道にはいなかったですね。ルカ様は本当に隣国へ行くつもりなのでしょうか」

「ええ。徒歩でこちらに向かう彼らしき人物を見たという証言もありましたから、方角的に隣国を目指していると考えて良いでしょう。村までは何通りかの道があるので、きっと我々とは違う道を通っているのだと思います。すべての道を確認するより、この村で待つ方がいい」

エドガルドは荷物から取り出した地図を指さしながら説明をする。そして侍従と下男を交互に見てから続けた。

「昨日も言いましたが、屋敷の馬がいなくなっていないということは、徒歩で出て行ったと考えるべきです。無一文の彼は馬車には乗れませんし、何らかの理由で乗れたとしても、雨がひどくなったせいで昼から今朝まで足止めを食っていたはず。昨日捜索に出られなかった我々と一緒です。ですから、私の予想通りなら、明日か明後日には必ず山道の入り口を通ります」

やけに自信に満ちた言い方だが、実際にはルカはすでにここにいる。今日中には山の中だ。

それに、徒歩でこちらに向かうルカらしき人物を見たという証言は、人違いということになる。実際には、ニーナと二人で馬に乗ってきたのだから。

「明日……。体力のないルカ様がそんなに早く着きますか？　明後日以降になってしまう可能性のほうが高いですよね」

侍従の言葉に、ニーナはしめしめと思った。男爵家から歩いてこの村に来るには、体力のない人間なら二日はかかるだろう。明日以降に到着すると思い込み、ここに数日間留まってくれていれば、ニーナたちが隣国で雲隠れする時間が稼げる。

けれど、エドガルドがそれを否定した。

「いいえ。追手が来ることは分かっているでしょうから、とにかく急ぐはずです。もし親切な人の馬車に乗せてもらった場合でも、昨日の雨でほとんど進めなかったと考えると、一日遅れで馬を走らせてきた我々のほうが早かったと思われます。馬車は山に入れませんから、入り口で見張っていればすぐに見つかるでしょう。万が一、どこかで馬を盗んでいた場合はすでにこの村は通り過ぎていますが、馬泥棒《どろぼう》の騒ぎも報告もなかったので、それは除外します」

エドガルドの言葉に、ニーナは首を傾げる。

ルカは親切な人に馬車に乗せてもらったわけではなく、馬に乗ってここまで来た。

まさか……とルカを見ると、彼は『盗んではいない』と言うように首を振った。

馬を盗んではいないが、馬に乗ってきた。——あの馬は本当にどこから調達したのだろうか。訊いてはいけないと言われているが、疑問は次から次へと積み上がっていく。

だがひとまずそれは胸の中にしまいながら、ニーナは男たちに視線を戻した。

「ルカ様がいないと違約金をとられてしまう。引き渡しの日までに何とか連れ戻さないと……」

侍従は気難しそうな顔をさらに険しくして、落ち着きなく歩き回った。彼の言葉に、エドガルドが小さく頷く。

「そうですね。なるべく早く見つけて連れ戻しましょう」

それを聞いて、ニーナは大きく目を見開いた。

違約金、引き渡し、という言葉に、エドガルドは訳知り顔で頷いていた。屋敷の使用人であるニーナすら知らなかったことをエドガルドは知っているようだった。そのうえでルカを追ってきた。

彼はルカの友人ではなく、男爵側の人間だったのだ。

「…………」

ニーナはそっとルカを盗み見た。ショックを受けているのではないかと思ったが、彼の表情に変化はない。そのことに、少しだけほっとする。

ルカを裏切ったエドガルドは許せないが、怒りのままに飛び出すわけにもいかない。だから、ルカがニーナが思っているほど傷ついていないのなら良かった。――本当に傷ついていないのなら、だが。

　ルカの心配をしている間も、彼らの会話は続いていた。

「では、今日はどこかに宿をとりましょうか」

　馬の世話をしていた下男が言うと、侍従が忙しなく両手を擦り合わせた。

「そうだな。村の人たちにルカ様の特徴を伝えて、見かけたら知らせるように言っておこう。人間嫌いのルカ様のことだからないとは思うが、もし商隊にでも紛れ込んでいたら厄介だから、商隊にも目を配るように金を握らせるか。世間知らずの坊ちゃん一人くらいすぐに見つかるだろう」

　懐《ふところ》から袋を取り出した侍従は、その中身を確認して「これだけか」と呟いた。きっと男爵が持たせた金なのだろう。少ない中身に不満を抱いているのは表情で分かった。

　軽く舌打ちしながら袋をしまう侍従を睨みつけ、ニーナは拳を握り締めた。

　使用人たちがルカを軽んじていることは知っていたが、世間知らずなんて言い方はひど過ぎる。

　ルカのことをろくに知らないくせに……と怒りが沸々《ふつふつ》と湧き出した。今こういう状況でなければ、一発張り手を食らわせたいくらいだ。それが無理なら、雑巾を絞った水で作ったお茶を飲ませたい。

けれど、彼らの言っていることはだいたい外れている。それで溜飲を下げるしかなかった。

彼らが昨日捜索に出られなかったのは雨のせいだと言っていたが、ヴィオラのおかげでもあるに違いない。

昨日、荷物をとりに部屋に戻った時に、ニーナはヴィオラ宛に置き手紙を書いていた。ルカがいないことを男爵に報告するのを遅らせてほしいというお願いの手紙だ。

ニーナたちがいた場所で雨が降り始めたのは昼前。雲は東に流れていたので、男爵家付近で雨が降ったのは昼過ぎだと予測できる。それまでに追手が屋敷を出発しなかったということは、ヴィオラが願い通りに報告を遅らせてくれたからだろう。

ヴィオラはニーナに職を与えてくれて、ルカに引き合わせてくれた恩人である。それなのに彼女にそんなまねをさせ、裏切るように屋敷を飛び出してしまったことは本当に申し訳なく思う。

それに、彼らはニーナがルカと一緒だと知らないらしい。それはきっと、ニーナが屋敷にいない事実をヴィオラが何か理由をつけて誤魔化してくれたということだ。彼女には何度感謝と謝罪をしても足りないくらいである。

ヴィオラがそこまでしてくれたのに、雨宿りを余儀なくされたのも原因だが、それよりもニーナの馬酔いのせいで先に進めずにいたために追いつかれてしまった。

ルカにもヴィオラにも申し訳ない気持ちでいっぱいだ。

ニーナさえいなければ、ルカはもう山に入っていたはずだ。そして順調に隣国へ抜け、すんなりと追手から逃れられただろう。

――ルカ様、ごめんなさい。

謝罪の気持ちは本当なのに、置いて行かないでくれたことが嬉しいとも思っている。

――自分勝手な人間でごめんなさい。

こんなふうに抱えてもらう資格なんてニーナにはないのだ。

――私は疫病神《やくびょうがみ》でしかないのに……。

たまらない気持ちでぎゅっとルカのシャツを掴むと、彼は「大丈夫だ」と囁いてニーナを抱く手に力を込めた。

ニーナが不安になっていると思っているのだろうか。そんなことをされたら、声を上げて泣いてしまいそうになる。

優しくなんてしないでほしい。

いつものように冷たく接してくれたほうが安心する。

「そろそろ行きますか。窓から通行人の監視ができるように、山道の入り口近くの宿をとりましょう」

顔を伏せていたニーナの耳に、エドガルドの声が聞こえた。やっといなくなってくれるのかと安堵し、移動を始めた彼らをそっと覗き見る。

侍従と下男が馬に乗って村の中心部に通じる道へ戻り始めると、エドガルドもひらりと軽い身のこなしで馬に飛び乗った。彼はすぐには走り出さず、道の向こう側を見つめているようだった。

荷物を積んだルカの馬に気づいたのだろうか。そう思ったら、心臓が飛び出そうになった。

息を呑んでエドガルドの動向を見つめていると、彼が不意にこちらに顔を向けた。

「……っ……」

慌てて身を引いたが、一瞬目が合ったような気がする。

――見つかった……!?

鼓動《こどう》が激しくなり、体を丸めながらルカを見上げる。すると彼は、硬い表情で身を隠しつつも耳でエドガルドの気配を探っていた。

目はニーナのほうがいいが、耳はルカのほうが優れている。もしエドガルドがこちらに来る気配がしたら、ルカがすぐに気づいてくれるはずだ。

そうしたら、ニーナを置いて逃げてもらおう。ニーナがここで見つかっても何の問題もない。ルカさえ姿を見られなければいいのだ。

覚悟を決め、エドガルドの動きを待った。

じりじりとじれったいほどにゆっくりと時間が過ぎ、それとともにルカの眉間のしわが深くなっていく。

どれだけ時間が経ったのか。きっと数分も経っていないのだろう。不意にエドガルドが動いた。こちらに向かってくるかと思った蹄《ひづめ》の音は、何事もなかったかのように遠ざかって行く。

「行ったな」

足音が聞こえなくなってから、ルカが小さく呟いた。

「目が合ったかと思いました……。見つからなくて良かったです」

ニーナはルカの胸に頭を預け、はあ〜と深いため息を吐き出す。

もし本当に目が合っていたらエドガルドはこちらに来ていたはずだ。来なかったということは、ニーナの気のせいだったのだろう。

「ああ」

ルカも硬かった表情を和らげて頷いた。そしてふと真顔になる。

ルカの目が、彼に密着しているニーナを映した。その途端、きつく抱いてくれていた手をぱっと離された。

「え……？」

突然支えを失ったニーナの体は、ふらりと後ろに傾く。

ニーナのお尻はルカの太ももにのっているので、背中が反った状態で頭が地面につく……寸前、ニーナはふんっと腹筋に力を入れた。ルカのシャツを握った手に力を込め、それを引っ張るようにして勢いよく元の位置に戻る。

野山を駆け回って育ったニーナには、これくらい造作もない。

「何をするのですか！　もう少しで地面に頭を打ちつけるところでしたよ！」

つい大きな声で文句を言ってしまったが、去ったばかりのエドガルドたちに聞こえたら大変だと気づき、すぐさま口を閉じた。

「あ、ああ……すまない」

ニーナの身のこなしに驚いたのか、それとも大声に驚いたのか、ルカは唖然《あぜん》とした面持ちで謝罪してきた。

ルカが素直に謝ると思っていなかったニーナも、一瞬茫然としてしまう。

「い、いえ、大きな声を出して私こそすみません。……気づかれませんでしたよね？」

思わず謝罪し返してから、エドガルドたちが走り去った方角に首をのばす。するとルカも同じように首をのばした。

エドガルドたちの姿がないのを確認し、二人でホッと胸を撫で下ろす。

冷静な顔に戻ったルカは素早くニーナを太ももの上から下ろすと、片腕でニーナを支え、もう片方の手で膝についた泥を払いながら立ち上がった。草が生えていたおかげで彼のズボンがそんなに汚れていなくて良かった。

先ほどは地面に落とされそうになったが、今度はきちんと立ち上がらせてくれた。この違いは何だろうか……と考えている間に腰を支えてくれていた手が離れてしまう。

しっかりとニーナを抱えてくれていたルカの腕を名残惜しく見つめた後、ニーナは改めて謝罪をした。

「ルカ様、私のせいで追いつかれてしまってすみません。ルカ様一人だったら、もうとっくに山に入っていたのに……」

そうすれば彼らに追い越されて道を見張られることもなかった。この状況は完全にニーナのせいだ。ごめんなさい、とニーナは俯く。

だが次の瞬間、いきなりがっと何かが頭にのっかった。

驚いて顔を上げようとしたが、頭にのったものが重くて上がらない。それでもこの重みは彼の手だと分かった。

「人を脅して無理やりついてきた奴が弱音を吐くな。たとえ置いて行っても、君はどうせどんなことをしてでも追いかけてくるだろう。屋敷を出る時に君に見つかった時点で、追手に追いつかれることは想定していたから大丈夫だ」

弱音を吐くなと叱った後にそんなに優しいことを言うなんて、これはもう惚れ直せということだろう。そうとしか思えない。

ニーナの頭を押さえつけるようにのせられているこの手すら、優しく撫でてくれているのだと思えてくる。

「ルカ様……これ以上大好きにさせて、いったい私をどうするおつもりですか」

もじもじしながら言うと、頭の上の手がさらに重くなった。

「どうするつもりもない」

冷たい返事に、ニーナはぽっと頬を染める。

「内心では、あんなことやこんなことを考えているくせに……ルカ様のむっつりさん」

「…………」

軽口には沈黙が返ってきた。

いつも通りのやり取りにほっとしている自分がいる。

変に優しくされるより、このほうが自分たちらしくて好きだ。

「そういえば、あの人たち、山道の入り口で見張ると言っていましたね。これから必ず通らなければならない村の中心部に先に行かれてしまいましたし……。どうしましょうか？　そこ以外に通る道がなければ、変装でもして通るしかないですよね」

通常通りの空気に安心して、ニーナは話を戻した。

謝っても今更どうにもならないことはニーナだって分かっている。後悔はしているが、これからどうするかを考えるのが先決だ。

ルカも真面目な話し合いが必要だと思ったのか、頭から手を離してくれた。これで思う存分ルカの顔が見られると嬉々として頭を上げたニーナは、フードを今まで以上に深く被って口元まで隠したルカを認めて固まった。

「え？　それは私と顔を合わせたくないという意思表示ですか？　むっつりが図星だったから恥ずかしくて、とか？」

「違う。君が変装をするしかないと言ったんだろう。だから髪と顔を隠してみた。……が、これでは余計に怪しまれないか？」

短く否定し、ルカは変装の難しさを身をもって教えてくれた。

確かに、今ニーナたちが持っているもので顔を隠せるのはマントくらいしかない。変装用の帽子《ぼうし》や服を買うにしても、ルカの特徴を村人たちに伝えるために今まさに追手が歩き回っているかもしれないのだ。店に近づくのも危うい。

「二人してマントをそこまで深く被るのはかなり怪しいですね。でも、あの人たちには髪色も顔も知られているから両方をどうにかしないと……」

う～ん……と唸って変装方法を考えていたニーナだが、そこでふとエドガルドのことを思い出してルカの顔を覗き込んだ。

「そういえばルカ様、エドガルド様はルカ様の唯一の友人なのではなかったのですか？　それがどうして男爵の手下になっているのです？」

目の前でエドガルドの裏切りを見せつけられたのだから、単刀直入に訊くのが一番だと思った。

もしルカが傷ついているのなら、どんな手を使ってでもエドガルドには報復してやるつもりである。

「だから、友人ではないと言っただろう」

ニーナの懸念を払拭するかのように、ルカは平然と言った。顔を見る限り、無理をしている様子はない。

「だったら、何度もお茶会をしていたのはなぜですか？　エドガルド様がルカ様に親しそうに接していたから、私はてっきり、照れ隠しで友人ではないと言っているのかと思っていました。肩も抱かれていましたし……」

顔を近づけて内緒話もしていましたし……、と浮気を責めるように言うニーナに、ルカは嫌そうな顔をした。

「親しくはない。あの男が勝手に来ていただけだし、俺からは近づいていないだろう」

まるで浮気を疑われた夫の言い訳のようで、否定されればされるほど疑わしく思える。

「じゃあ、あの人は何をしにルカ様に会いに来ていたのですか？」

「さあ。他愛ない話をするだけだったが……。パーティーの話とか、ピアノの話とか、世間話とか」

きっとルカは真面目に答えているのだろうが、浮気追及の気分になっていたニーナにはとぼけているようにしか聞こえない。

ニーナは腕を組み、半眼でルカを見る。

「ルカ様はエドガルド様に心を許していたように見えましたけど？　お二人の距離は近かったですし？　私とルカ様よりも近かったですし？」

語尾を上げて拗ねたように言うと、ルカは迷惑そうな顔で肩を竦めた。

「面白い人物ではあるけど、それだけだな。食えない男だ。父親に雇われて俺のことを探っていたんだろう」

そこまで言って、ルカは「というか……」と不機嫌そうに続けた。

「浮気を責めるような口ぶりはやめろ。相手は男だし、そもそも君に責められるいわれはない」

冷たく睨まれ、ニーナは口を尖らせる。

「だって、ルカ様が私より親しい唯一の友人に裏切られたのなら許せないと思ったんですもん。初めから男爵の手下だったのなら納得ですけど、親しげに近づいてルカ様を裏切ったことは許せません。末代まで呪《のろ》います」

「……俺は気にしていない」

「呪います」

ルカの言葉に被せるように繰り返すと、彼はほんの少し口角を上げた。

笑顔だ。実際には笑顔とは言いがたいかもしれないけれど、これはルカなりの笑顔に違いない。

「……ルカ様が笑った……」

感動で思わず口元を手で覆う。するとルカの表情が一瞬にして消えてしまった。

「笑ってない」

普段より低い声で否定される。だが、笑ったものは笑ったのだ。たとえ微笑くらいでも笑みなのである。

「確かに笑顔でした」

「笑ってない」

何度「笑った」と言ってもルカが頑なに否定するので、ニーナは口元から手を離し、訳知り顔で頷いた。

「気恥ずかしいのですね。分かります。私も初めてルカ様の目の前で転んだ時は気恥ずかしくて目も合わせられなかったですから」

「ああ。……確かに、あまりにも派手に転がったからな。転び方が豪快過ぎて自分で大笑いした後に、急にしおらしくなって逃げるように去って行ったのは今でもよく覚えている」

そこまではっきりと覚えられているとばつが悪い。特に、転がったのと大笑いの部分は記憶から抹消してほしかった。ニーナ自身、動揺していたという印象が強過ぎて、大笑いしたという恥の上塗りの部分を忘れていたくらいだ。

ニーナはこほんと咳払いをし、一応の言い訳をする。

「私もあの時は動揺していましたから、どうしていいのか分からなかったのです。結果、何事もなかったことにしたくて淑やかに退室しました」

「今更だったけどな」

おっしゃる通りだ。その前にもいろいろとやらかしていたので、ルカに淑女のふりは通用しないと分かっていた。

「それでも淑女だと思われたい乙女心なのです」

察してください、と無茶なことを言って、ニーナは話を打ち切る。自分で振った話だが、まさかルカが詳細を覚えているとは思っていなかったのだ。墓穴を掘った。

この話は早く終わらせて変装をどうするかという話題に戻ろうと口を開きかけた時、ルカがぼそりと呟いた。

「そのままでいいと思う」

そっぽを向いて小さな声で発せられたその台詞をばっちり聞き取ったニーナは、ごくりと唾《つば》を呑み込む。

「そ、それは……そのままの私が好きだ、と解釈していいのですか？」

「そんなことは一言も言っていない」

すぐさま凍てつくような視線と声で言われ、ニーナは「はい」とおとなしく引き下がる。予想通りの反応だったからだ。

気を取り直し、建物の陰からそっと辺りを見回して近くに誰もいないことを確認する。

「まずはルカ様の馬を呼び戻さないといけませんね」

ルカの馬が二人の荷物を全部持っているのだ。とにかく馬を連れて行かなければならない。

ニーナは道の向こう側でのびのびと休憩している馬を視認し、あの様子では呼んでも来そうにないと思った。そもそも、あの馬の名前を知らないのだが。

「追手の誰かがまだこの付近にいるかもしれないので、念のため私があちらに行って馬を連れてきます。女一人なら気づかれる可能性も低いですから」

確認のために振り返ってルカを見ると、彼はなぜか不安そうな顔をした。

「君は馬を扱えるのか？　いつだったか、屋敷の馬にも馬鹿にされていただろう？　動物と接する機会が多かったと言っていたが、本当か？　大丈夫なのか？」

なぜ馬鹿にされたのを知っているのだろうか。ニーナが馬を撫でようとして邪険にされるのを見られていたのか。声をかけてくれれば良かったのに。

知られているのなら、もう取り繕うこともできない。

「あ、扱えますよ。接する機会が多かったのも動物の気持ちがなんとなく分かるのも本当です。ただ、一緒にいたからって好かれるとは限らないんです。その、少し……格下に見られてなめられているだけですから、問題ありません」

ルカは動物に好かれるタイプだから分からないだろうが、世の中には好かれたくても足蹴にされる人間もいるのだ。見下されて相手にしてもらえないことだってあるというのを知ってほしい。

あの馬に言うことを聞いてもらえる自信はないが、さすがに連れてくることくらいはできると思う。……できるはずだ。

「馬の後ろに回ると蹴られて大怪我をするから気をつけろ。馬は頭の良い動物だ。手綱を引っ張るだけでついてきてくれるとは限らない。だが、ちゃんと意思疎通を図れば君の言うことでも聞いてくれるかもしれないから」

多分……と語尾を濁すルカは珍しく本気で心配そうにしている。もしかして、馬とのことだけでなく、おとなしいと評判の猫に強烈な猫パンチを食らったのも見られていたのだろうか。

「はい。前から近づいて目を合わせて、ちゃんとお願いして来ていただきます。馬のことは私に任せて、ルカ様はここに隠れていてくださいね」

安心させるようににっこりと微笑んでみせる。ルカはまだ何か言いたそうにしていたが、結局何も言わずに頷いた。

フードを被り直したニーナは、なるべく自然に歩き出した。井戸から道の向こう側へ行く間に、商人や旅人らしき人を数人見かけたが、エドガルドたちの姿は見える範囲にはない。

慎重に馬に近づいたニーナは、こちらに目を向けてきた馬に引き攣った笑みを浮かべた。

「そろそろ出発したいのですが……よろしいですか？」

以前は強気で接して痛い目を見たので、今回は下手に出てみた。

馬はじっとニーナを見つめた後、ふんっと鼻を鳴らして再び草を食み始める。ルカを相手にする時とは大違いだ。

「あの、お願いですから、一緒に来てください。あなたの鞍についている荷物がないと山越えができないのです」

懇願してみるが、馬は草を食むのを止めない。それどころか、「荷物だけ持って行けば？」と言わんばかりに、背を少しだけこちら側に傾けてきた。

頭の良い馬だ。ニーナは完全になめられている。それならば、ルカがやっていたようにコミュニケーションをとるのはどうだろう。

ニーナは馬の頭にそっと手を伸ばした。頬だと食べるのに邪魔かと思ったのだ。

すると、触れた瞬間にぶるるっと首を振られてしまった。嫌だという証拠だ。

「そ、そんなに嫌がらなくてもいいではありませんか。一緒に行きましょう。ルカ様と私とあなたと仲良く隣国へ向かいましょうよ」

ね？ と腰を低く落として見上げるようにお願いしてみる。しかしそれも冷ややかな眼差しで一瞥されただけで終わった。

ニーナは諦めることなく、その姿勢のまま語りかける。

「あなたはルカ様のことは好きですよね？ だったら、大好きなルカ様のために一緒に来てくれませんか？ ルカ様はあなたのことが必要なんです」

ルカ様が、あなたを、と強調して言ってみた。すると、馬はのっそりと顔を上げた。

『そんなに言うなら行ってやってもいいぜ』

馬が喋ったわけではないが、絶対にこう思っていると感じた。仕方ねえなぁ……と言わんばかりに口を歪ませ、馬はルカが待つ井戸へ向かって歩き始める。

ニーナはほっと胸を撫で下ろしながら、馬について行った。途中、こっそりと手綱を掴んだが、良い気分になっている馬は気づかない。

道を横切ると、井戸近くの建物の陰に隠れていたルカが素早く姿を現した。フードに隠れて顔は見えないが、小さく頷いてくれたので彼が安堵しているのが分かった。

このまま、侍従たちに見つからないように山越えの道がある場所まで行けるといい。そう思いながらルカと合流しようとしたまさにその瞬間、なぜか突然馬が走り出した。

「え……？」

あまりにも急なことに手綱を放す間もなかったニーナは状況が分からないままぐいっと勢いよく引っ張られる。

「おい……！」

焦ったようなルカの声が遠ざかる。

馬は全速力で走っているわけではなく、何かを捜すようにキョロキョロしながら駆け足をしている状態だ。だから引っ張られているといっても、ニーナも走れば何とかついて行くことができた。

それにしても、この馬はなぜよりによって侍従たちが向かった方角に走っているのか。止めようと手綱を引っ張っても少しも速度は緩まない。

「大丈夫か？」

声とともに、手綱を持った手を握られた。見なくてもルカだと分かるが、引きこもっていた彼がこんなに早く追いついてくるとは思っていなかったので、ニーナは驚きを隠せなかった。

ルカは全速力で走ってきてくれたのか、つい先ほどまで深く被っていたはずのフードが脱げてしまっている。

「ルカ様、フード!」

慌ててルカのフードを引き上げようと手を伸ばし、自分もフードが脱げた状態だと気がついた。

「君も!」

言い合って走りながら、二人で同時にフードに手をかけた。

けれど被るのが遅かったらしい。

「あ!」

侍従の声が進行方向から聞こえ、ニーナははっと前を見た。

そこには、焼き菓子を片手に村人と話す侍従と下男がいた。馬はどこかに預けたのだろうか。近くには見当たらない。

エドガルドの姿は見えないが、彼は先に宿をとりにでも行ったのだろう。

「いたぞ!」

叫ぶ侍従とばっちり目が合ってしまった。素早くルカを見ると、彼も顔を見られてしまったらしく苦々しい顔をしている。

「馬は諦めるぞ」

ルカは早口で言って、ニーナの手を手綱から引き剝がした。馬はそのまま真っすぐに侍従と下男のほうへ進んでいく。

「あの茶色のマントだ！」

侍従たちがこちらに走ってきたので、ニーナは慌ててルカの手を引いて建物の陰に隠れた。

「ルカ様、そのマントを私に！　代わりにこれを被ってください！　私がルカ様のふりをして時間を稼ぎますから、あの角を曲がってできるだけ遠くに逃げてください！」

ニーナはルカのマントを剝ぎ取って、寒さ対策に自分のマントの下に羽織っていた女性ものの大判のストールを押しつける。ヴィオラからのおさがりだ。

これを被れば、ルカの細身の体形なら少し背の高い女性に見えないこともない。幸いにも、ここは旅人が多い村なので馬に乗るためにズボンを穿いている女性も見かけた。ストールにズボンは不釣り合いだが、一見女性に見えれば良いのだ。

運が良いことに彼らはルカのことしか注目していなかったらしく、茶色のマントを目印にしたようだ。

ニーナが茶色のマントで彼らを引きつけている間に、ルカが少しでも遠くへ逃げる。今大事なのはそれだけである。

自分のせいで見つかってしまった。責任を取るのは当然であり、ルカを守れるのは自分しかいない。

この先ルカと一緒にいられなくなったとしても、彼をお金と交換するなんて絶対に許せないし、そんなことはさせない。

走るのは遅いが、なるべくルカから彼らを離し、捕まったら体を張ってできる限り足止めをしなければ。

男二人が相手では分が悪いが、侍女の情報網をなめないでほしい。あの侍従と下男の苦手なものは把握している。自ら仕事を引き受けて本邸と離れを行き来していたのは、何かあった時のために情報収集をしていたからなのだ。

問題は、あまり接点のなかったエドガルドが参戦した場合だが、ルカと親しそうな彼のことが妬ましくて穴が開くほど観察していて気がついたことがある。彼はヴィオラと話す時、ほんの少しだけ目元が緩む。誰に対しても笑顔ではあるのだがヴィオラにだけ笑顔の質が違う、と言えばいいのか……とにかく彼の弱点はヴィオラだと思うのだ。だからヴィオラのネタでどうにか引き留めたい。

――よし。それでいこう。

捕まった後のことを一瞬のうちに考えながら、ニーナはルカのマントを被った。フードを深く被り、なるべく背が高く見えるように爪先立ちになる。

「ルカ様、いつかまた必ず会いましょうね！　地の果てでも捜しに行きますから！」

ニーナは、にっこりと微笑んでルカを見た。

これを最後にはしたくないが、ルカが逃げ続けるのならもしかしたら一生会えない可能性もある。だから、彼には笑顔の自分を覚えていてほしかった。

　こういう時、美女なら印象に残るのだろうが、十人並みのニーナではルカの記憶に留まるのは難しいだろう。それでも、うっすらとでも構わないので覚えていてほしい。しつこくて図々しい女がいたとでも彼の記憶に残れば万々歳だ。

　ルカはニーナの言動に茫然としていた。けれどニーナがどさくさに紛れて彼の手をぎゅっと握り締めると、途端に眉間にしわを寄せた。

「待て。君は足があまり速く……」

「絶対に捕まらないでくださいね！」

　もう聞けないかもしれないルカの声を途中で遮り、ニーナは後ろ髪を引かれる思いで手を放して駆け出した。

「いました！　あっちです！」

　背後でエドガルドの声が聞こえた。思ったよりも早い参戦だ。

　思惑通り彼らはニーナをルカだと勘違いして追いかけてくる。ひとまず一安心だが、すぐに捕まってしまっては囮の意味がない。

　ここは村の中心部なので、他の場所よりも家が並んでいる。建物の間を逃げ回れば時間を稼げるだろう。

　懸命に足を動かし、家や木々の間を縫って走り回る。追手の三人より体が小さくて小回りがきくニーナのほうがこういう場所では有利だ。

とはいえ、いくらルカが細身だとはいえ、ニーナほど小柄なわけではない。体形の違いが分かるほどに近づかれたらバレてしまう。

——でも、まだ大丈夫みたい。

今もかなり近づかれていると思うが、エドガルドはともかく、侍従と下男はルカと接触する機会が少なかったせいか、自分が追っている人物が本物のルカではないとまだ気がついていないらしい。彼らの中のルカは、頼りない少年のままなのかもしれない。

「そっちから先回りしろ！」

あっちへこっちへとちょこまかと動くニーナに業を煮やし、ニーナの後ろをついてきていた侍従が下男に命令した。

なるほど。挟み撃ちというわけか。

ニーナはちらりと振り返って下男の行く方向を確認した。右だ。

家と木々の細い隙間を走っているニーナが進む先にあるのは倉庫だ。家の右側から回り込んで倉庫の手前で待ち構える算段だろう。

意外にも足が速いらしく、すぐに倉庫の手前に下男が見えた。後ろからは侍従が追いかけてきている。完全に挟まれた。

それならば、左側の細い道に入ろう。重なった木箱と家の間にある道らしきものはかなり狭いが、ニーナなら通れるはずだ。

追われている立場なのに冷静に物事を考えている自分が不思議だった。もっとあたふたすると思っていたが、ルカを逃がすことに集中しているせいで頭が冴えている。

自分がどうにかしないといけない。そう思うだけで、疲れて動きが鈍くなった足も前に進んだ。

まだ捕まるわけにはいかない。もう少し。もう少し。

心の中で何度もそう唱えながら、ニーナは隙間に入り込んだ。後ろで侍従が悪態をついている。彼には狭過ぎるらしい。

ニーナはかろうじて走れるくらいの幅の狭い路地を走った。焦った下男が路地に入って挟まってしまったらしく、侍従が叱りつける声が響いてきた。

これでまた距離を離せる。そう思った時、路地の終わりに人影が見えた。

ぎくりとしたニーナは速度を落とす。

村人や旅人ならいい。けれどもしあれが先回りしたエドガルドなら八方塞がりだ。もうニーナに逃げ道はない。

両脇には家と木箱の壁。窓から家の中に入るという手もあるが、不法侵入で通報されたら困る。木箱をよじ登るか家の屋根までよじ登るかも考えたが、家同士が密集しているわけでもないのでそれこそ袋のネズミになりかねない。

逃げ場がないと思ったら、全速力で走り続けた疲れが一気に襲ってきた。

ルカはどこまで逃げられただろうか。馬に乗って遠くまで行ってくれていたらいい。でももう少し時間を稼ぎたい。

ここで捕まった後は先ほどの作戦通りに彼らの弱点をついて足止めをしよう。

侍従には怪談もしくは虫もしくは高所、下男には犬、そしてエドガルドにはヴィオラ。侍従と下男には男女関係でもっといろいろネタはあるが、侍従は毛虫を手にのせただけで気絶するし、下男は犬を前にすると動けなくなるのでそれを利用しない手はない。

ニーナは逃げることを半ば諦めつつ、路地の終わりを目指す。そこにエドガルドが待ち構えていても、決しておとなしく捕まる気はなかった。叩いてでも蹴ってでも噛んででも、抵抗して抵抗して抵抗しまくってやる。

そういえばヴィオラに、変質者に遭ったら相手の目に砂を投げつけろと教えられたことがあった。それを実行しよう。

目潰しをした後に、そこら中に生えている木に必ずと言っていいほど張りついている虫を取りつつ野良犬を呼び寄せる口笛を吹こう。犬を呼び寄せることは得意なのだ。なぜか目が合った途端に無視されてしまうが。

待ち伏せしているかもしれないエドガルドに頭の中で砂……というより泥を投げつける想像をしながら、ニーナは素早く足下の泥を拾い、路地の出口に向かって走った。

――さあ、こい！

気合を入れて広い道に出る。直後、建物の陰から伸びてきた手に素早く腕を掴まれた。

想像以上の速い動きに、ニーナは驚きで目を見開く。

なんということだ。泥を投げる前に腕を拘束されてしまった。

「放して……！」

ぶんぶんと力任せに腕を振りながら、相手を見る。その瞬間、ニーナは見開いていた目を限界まで大きく開いた。

そこにあるはずのない顔がニーナを見下ろしていたからだ。

「ルカ様!?」

既に遠くに逃げているはずのルカが、ニーナの腕を掴んでいる。彼はニーナが渡したストールではなくニーナの深緑色のマントを羽織っていた。

「どうして!?」

ここに!?　女装は!?　といろいろな意味が混ざった「どうして」に、ルカはまったく答える気がないらしく、ニーナの腕を掴んだまま走り出した。

「ルカ様！　どうして逃げなかったのですか！　あれだけ時間があれば、馬を捕まえて逃げられたはずです！」

引っ張られながら、ニーナはルカを責めた。

捕まってほしくないのに、ここにいたらいずれ彼らに追いつかれてしまう。

「どうして……！」

その言葉が何度も口から出てきた。

どうしてこんなところにいるのか。どうして一人で逃げないのか。どうしてニーナの腕を引っ張っているのか。

けれどそれだけではない。

一人でどこか安全な場所に逃げてほしかったのに、こうしてもう一度会えたことが嬉しいとか、そんな自分勝手な気持ちに対しても「どうして」と思ってしまう。もう何が何だか分からなくなってきた。

「いいから、黙ってついてこい！」

ぐるぐると考えているニーナに、ルカが強い口調で言った。

乱暴な言い方だが、彼の新しい一面を見た気がして心臓が一気に跳ね上がった。

──粗野で男らしいルカ様も素敵。

こんな時なのにときめいてしまう。

ルカはニーナを連れて行ってくれる気なのだ。一緒に逃げようとしている。

嬉しい。嬉しくて歓声を上げたくなった。

たとえ恋愛感情ではなくても、侍女として必要としてくれているというだけで満足なのだ。迷惑ばかりかけて役に立っていないが、それでもニーナを連れて行ってくれるなんて、ルカの寛大さは脱帽ものだ。

だが、基本的にニーナは足が遅い。長距離が苦手なのだ。このままでは、確実に捕まるだろう。

自分が足手まといなのは分かっている。それでも、ルカが一緒にいても良いと言ってくれるのなら、どこまでもついて行こう。

まずは、足手まといな自分ができることを探すのだ。

走りながら周りを見渡す。右手には家が並び、左手奥には山、正面は店が並ぶ大きな通り。

このまま人ごみに紛れることも考えたが、紛れられるほど人通りは多くなさそうだ。運良く商隊でも通らない限りはすぐに見つかってしまうだろう。

「いたぞ！　あっちだ！」

「仲間がいたのか！」

あの狭い道を抜けてきたのか、侍従と下男の声が追いかけてくる。バタバタという足音が少しずつだが近づいてきた。

もっと速く走れればと悔しく思うが、今更どうにもならない。

ぜえぜえと息を荒らげながら大通りに目をやると、エドガルドらしき人物の後ろ姿が見えた。彼の傍らには、一頭の馬がいる。鞍に積んである荷物はニーナたちのもののようなので、先ほど放してしまったルカの馬だろう。

ニーナたちが必ず馬を捜すと分かっていて確保したのか。エドガルドは案外策士だ。優しそうな顔をしているくせに腹黒い男だ、とぎりぎりと歯ぎしりをしていると、ふとエドガルドが振り向いてこちらを見た。

予想外に無表情だった彼と、確かに目が合った。

――まずい。

ルカもニーナも走るのに必死で、いつの間にかフードが取れていた。

ルカと一緒にいるのがニーナだと確実に知られてしまった。そのうえ最悪なことに、またしても前後を挟まれた状態になっている。

――それならば。

「ルカ様、山に逃げましょう！　山の中なら見つかりにくいはずです！　こっちです！」

ニーナの腕を引いていたルカを引っ張り返し、左手奥に見える山に進行方向を変えた。

建物の間を走り抜け、野菜や穀物が植えられていたのであろう畑を突っ切る。もう寒い時期に差し掛かっているので、畑の端に冬の野菜がちょこちょこと生え始めているくらいだ。それらを避けながら走っているため、目の前に見えている山が存外《ぞんがい》遠い。

収穫後のでこぼことした土の上を走ることにルカが苦戦しているが、侍従と下男も悪戦苦闘しているので、彼らとの差は縮んでいないことが救いだ。

「もう……少しです……ルカ様！」

息切れしながらちらりとルカに目をやって励ますが、頷く彼がニーナほど息が上がっていないのが解せない。

引きこもりなのに体力があるのはなぜなのか。隠れて体を鍛えていたのだろうか。

屋敷を出てから知ったが、ルカは謎《なぞ》が多い。今までニーナが見てきたのは彼の一部分だけだったのだ。それを思い知らされる。

――でも、謎が多いルカ様も素敵。

ときめきのせいでさらに胸の苦しさが増した気もするが、気力も増した。ニーナはもつれそうになる足を素早く前へ前へと繰り出す。

そしてようやく木々が密集した山にたどり着き、人が通るような道のない木々の間へ飛び込んだ。ルカの手を引きながら獣道をずんずん進む。さすがに草木が多くて走れないので、雑草を足で踏み倒しながら早歩きをする。

山の奥へ奥へと向かってから振り返って見ると、しつこく追ってきていた侍従たちの姿が見えなくなっていた。

虫が嫌いな侍従は山が苦手なはずだし、山犬に怯える下男も好き好んでこんな場所に足を踏み入れたくはないだろう。

しめしめと思いつつ、ニーナはおとなしくついてきてくれるルカににっこりと微笑み、空いたほうの手でぐっと拳を握った。

「ルカ様、任せてくださいね！　私、山は得意なのです！　登る時は、歩幅を狭くして踏み出したほうの足に体重をのせてください。下りは、重心を地面と平行に移動させるようにすると疲れにくいです」

「分かった」

素直に頷いたルカは、足に視線を落として歩き方の確認をしているようだった。足以外が無防備になっている彼に、ニーナは重ねて言う。

「それと、この時期なのであまり活発ではないと思いますが毒のある虫がいたりしますし、皮膚が弱い人が触るとかぶれる木や草もあります。あまり素手で木や草を触らないでください。あと、野生の動物を見かけても目を合わせないでくださいね」

「分かった」

ルカは真剣な顔で服の袖を伸ばす。その仕草が可愛くてニヤニヤしてしまった。その顔を見られないように前を向くと、斜め後ろでルカが何か言った。

「そういう……」

がさがさと雑草の擦れ合う音が大きくて、ルカの声が聞き取りにくい。ニーナは一旦足を止めてルカを見た。

「何か言いましたか？」

向かい合うと、ルカはニーナの袖もぐいぐいと引き下げながら繰り返した。

「そういう知識も両親から教わったのか？」

昨日ニーナが薬草の知識などを両親から教わったと話したのを覚えてくれていたらしい。以前はニーナの言葉に耳を傾けてくれるほうが稀だったので、それだけでもとても嬉しい。

ニーナは満面の笑みを浮かべた。

「はい。両親から教わったことが大半ですけど、山奥にある村の生まれでもありますし、親戚の家にいた頃は毎日山に入って薪《まき》拾いをしたり、山菜を採ったり、弓で小動物を仕留めたりしていたので自然と詳しくなりました」

「弓か……すごいな」

意外過ぎるけど、とルカの両眉が上がる。感心するような表情に、ニーナは「いえいえ」と首を振った。

「そんなにすごくもないのです。私は出来損ないですから。足が遅くて鈍くさいから動きの遅い動物も仕留められなかったりして……。偉そうなことを言いましたけど、知識でしかお役に立てないかもしれません」

申し訳ない気分で顔を伏せると、ルカは繋いでいる手に力を込めた。

「いや、十分に役に立っている」

優しい声に、ニーナは恐る恐るルカを見上げた。見つめる彼の瞳も優しい。

そんな眼差しを向けられることが気恥ずかしくていつものように軽く返せず、ニーナは落ち着きなく視線をあちこちに泳がせた。

そこで偶然にも、洞窟《どうくつ》のような穴を見つけた。

「あ、あー！　良い場所を見つけました！　あそこで休憩しましょう！　あそこなら屋根があるから、突然雨が降ってきても安心です！」

ニーナは自分でもわざとらしいと思うほど大仰に喜んでみせ、ぐいぐいとルカを引っ張って洞窟を目指した。

やっぱり優しくされるのは慣れない。反応に困ってしまっていつもの調子で応えられないのがもどかしかった。

屋敷にいた時も屋敷から出た後も、ニーナは何も変わっていないと思う。変わったのはルカだ。前から彼の優しさは感じていたが、突然それが表に溢れ出て垂れ流し状態のようになっている。今朝から彼はおかしい。

今だって手を繋いだままでいる。昨日までの彼なら「ちゃんとついて行くから離せ」とでも言って振り払っていたはずだ。

なぜルカは変わってしまったのか。その理由を考えても何も思い当たらなかった。

強いて言えば、手を繋いで一緒に寝た後からおかしくなったような気がしなくもない。

朝、複雑そうな顔をして繋いだ手を見ていたし。

だからってどうして……と悶々《もんもん》と考えている間に洞窟に到着した。

入り口に立つと、ニーナはルカの手を離した。

「ルカ様はここで待っていてください。中に動物がいないか確認してきます」

手にルカの温もりがなくなったことを何だか寂しく思ったが、そんな気持ちを振り払ってニーナはルカの背丈より少し高いくらいのその洞窟に足を踏み入れた。

「危険じゃないのか？」

ルカが引き留めるように声をかけてきたが、ニーナは振り返らずに答える。

「大丈夫です。それほど深くはないので奥まで見渡せますから」

そろりそろりと慎重に歩を進めたニーナは、ここが安全な場所であると確認して安堵する。

洞窟の内部は奥行きはあまりないが広さがあった。日が落ちるまであと数時間しかないので、山の中を動き回るより今日はここに身を隠していたほうがいいかもしれない。

そう思っていた時、背後で何かが動く気配がして飛び上がった。

「っ……!!」

油断した瞬間が一番危ないのに、つい気を抜いてしまった。

素早く身構えて振り返ると、ぬぼっとした大きな物体が目の前に立っていた。予想外に近い距離にいるそれに、喉から心臓が飛び出るかと思うほど驚く。

「どうした?」

物体が喋った。

「……ル、ルカ様?」

それはルカの声だった。

入り口で待っていると思っていた彼がすぐ後ろをついてきていたのだ。自信のあった危険察知能力の低さに愕然とする。

いや、ルカだから『危険』だと認識しなかったのかもしれない。これまでも彼には驚かされてばかりだ。

「ま、待っていてくださいと言ったのに……」

「危ないことを一人でやらせるわけにはいかない」

上ずった声で言えば、ルカは真面目な顔で答えた。

「…………」

ルカはこんなに紳士だっただろうか。

「じきに日が暮れます。今日はここに身を隠していましょう。薪を拾ってきますので、ここで休んでいてください」

気を取り直し、洞窟の中ほどにある石の上に脱いだマントを敷いた。そこにルカを座らせようと思ったのだが、敷いたのが彼のマントだったと気づく。

「すみません！　ルカ様のマントを敷いてしまいました！」

慌てて持ち上げて砂を払っていると、ルカがニーナの手からそれを取り上げ、石の上に敷き直した。

「いい。君のマントが汚れるよりましだ」

「え……？」

どうしよう。まさかまさかと思ってはいたが、完全にルカがおかしい。ニーナのことをレディ扱いしてくる。……少し怖いくらいだ。

「そ、それなら、ルカ様はそのマントをそのまま着ていてください。私のマントをルカ様が使ってくださっているだけで私は身も心も熱々です」

どうにかいつもの調子に戻そうと軽口を叩いてみたが、ルカは真摯な表情でかぶりを振った。

「いや、君に汚れたマントを着用させるわけには……あ、そうだ。君はこれを被るといい」

言いながらマントの下から取り出したのは、ニーナが押しつけた女物のストールだ。ニーナの真似をしてマントの下に羽織っていたらしい。

ルカはストールをニーナの頭にふわりと被せた。

「うん、似合うな」

ふっとルカの表情が緩む。ニーナもつられてえへへ……と照れ笑いをしてから、はっと我に返った。

——えええ〜！　まるで恋人同士のような甘い雰囲気なんですけど！

こんな雰囲気、今までなかった。というか、ニーナとルカは恋人同士ではないのに、なぜこんな雰囲気になるのか。

その場の空気に耐えられず、ニーナはストールの端を顎の下でぎゅっと結び、そそくさと洞窟の出口へと向かった。

「では、行ってきます」

足早に出て行くニーナに、けれどルカはまたしてもぴたりとついてくる。

「俺も一緒に行こう」

「駄目です。二人で行くと見つかりやすくなりますから、ここで待っていてください。それに、ルカ様の手はピアノを弾く手なのですから、傷がついたら大変です」

くるりと方向転換をして、ニーナはルカを洞窟の中に押し戻した。すると彼は、ニーナに逆らうようにその場にぐっと踏み止まる。

「そもそも君は馬酔いした後まだ体調が万全でないだろう。心配だから何か手伝う」

意地でも一緒に行く、という意思表示をしてくるルカに、ニーナは断固として連れて行かないという決意を込めて大きく首を振った。

「いいえ、すべて私がやります！　心配してくださるのは嬉しいですけど、全速力で逃げられるほど回復していますから、もりもり働けます。ルカ様は中にいてくださ い！」

いてくれないと困る。山に慣れていない人間は最悪の場合遭難しかねない。それに、馬酔いしていたことなどすっかり忘れていたほど、今のニーナは元気過ぎるくらい元気である。

「俺のほうが体力はある。少しは頼れ」

真剣な顔で『頼れ』と言われ、ニーナはルカの気持ちをやっと理解した。

きっとルカは男として頼られないことに不満を抱いているのだ。彼にもそういう自尊心があったということか。

出会ってからずっとルカに頼られたいと思っていたので、彼にそんな感情があることを意識すらしなかった。

ニーナは少し考え、ルカの手を握った。

「ルカ様、私思うのです。人には得手不得手がありますよね。だから、それぞれできることをやればいいと思うのです。私はピアノを弾けないからルカ様がピアノを弾いてください。ルカ様は山の知識がないから知識のある私が準備をします。というわけで、ルカ様はここを石で丸く囲ってかまどを作っておいてくださ い。そうしてくださると助かります。

あ、指を傷つけないようにくれぐれもお気をつけて」

ね？　と見上げるように目を合わせると、ルカは不服そうに頷いた。

「……分かった」

その返事にほっとして、ニーナはさっとルカから手を離し、薪を拾うために急いで洞窟を出た。

昨日の雨で落ちている枯れ木はやや湿っているが、どうにか火はつくだろう。

細い枝とそこら中に落ちている松ぼっくりも大量に拾い、ストールを袋代わりにする。帰り道では野草と木の実とキノコ、それに大きめの葉っぱもとりながら、ルカの待つ洞窟に戻った。

ルカはニーナの言う通り、石でかまどを作ってくれていた。ちゃんと空気を入れるための隙間があるのが素晴らしい。これまでかまどを作ったことなんてあるはずはないので、きっと本で得た知識なのだろう。

先ほど店で買った火打ち石とナイフを腰袋に入れていたのが幸いだった。それ以外にも、何かあった時のためにと入れておいた少しの干し肉と干し果物がある。その他の荷物はすべて馬の鞍に載せてあるので、悔しいが今頃は侍従たちに横取りされているだろう。

せっかく山越えに必要な品々を買い揃えたのに……と思うとがっかりする。ニーナの全財産もあの中なのだ。

ニーナは侍従たちへの恨みを込めて枝にナイフで切り込みを入れた。そして細い枝や燃えやすい針葉樹と松ぼっくりを密集させて火をつけ、様子を見ながら広葉樹や太い枝を順番に入れていく。松ぼっくりは火がつきやすくてほどほどに火持ちするので優秀なのだ。

「……すごいな」

火が安定してくると、ニーナの作業を黙って見ていたルカが感嘆の声を上げた。

「親戚の家では、火を熾すのも私の仕事だったのです。これでちゃんと役に立てましたか？」

木の実やキノコなどを燃えづらい大きな葉っぱで包み、それをかまどの端のほうに置きながらニーナはえっへんと胸を張る。

「すごく役に立っている」

大きく頷いて即答されると気恥ずかしい。

昨日まではツンツンしていたルカがこんなにも素直だと、やはりおかしな気分だ。

今日のようなルカ相手だといつもの調子に戻れず、昨日より会話の少ない食事となった。食事を済ませ、することもなくじっと火を見つめていると、親戚の家で過ごした日々を思い出し、ひどく寂しい気持ちになった。

気分を変えようとルカを盗み見る。すると、彼のシャツが赤く染まって見えてどきりとした。火のせいだと分かっていても、花瓶の破片が肩に刺さった時のルカがそこにいるように思えたのだ。

それがきっかけとなったのか、これまでのことが次々と脳裏に浮かんできた。

幼かった頃のこと、ルカに会った時のこと、屋敷を出てから今までに起きたこと。すべてが順番も関係なく押し寄せるようにニーナの脳内を埋め尽くす。

その中でも、ずっと留まっている光景が一つあった。

頭の片隅にこびりついているその光景は、今でもニーナを苛む。

「あの……申し訳ありませんでした」

ニーナは火を見つめたまま謝罪した。

「何がだ？　君は謝ってばかりだな」

ルカが首を傾げるのが視界の端に映る。

ずっと言いたかったことだった。真面目な話をしようとするといつもルカはニーナを遠ざけていたから、これまで言えなかった。

「私、ルカ様がつらい時、ルカ様を助けられませんでした……。前に私が何度か旦那様を止めに入った時、ルカ様、余計に暴力を振るわれて……怖くなってしまったのです。私のせいで、ルカ様がいつもより痛い思いをすることになるなんて……」

頭の中から離れないのは、ルカが男爵に暴力を振るわれる光景だった。容赦なく殴られ、蹴られ、いつも体のどこかに傷を負う。痛々しいその姿は、どんな時でもニーナの脳裏から消えることはなかった。

「申し訳ありません、ルカ様……」

「謝るな」

　ぴしゃりと遮られ、ニーナはぐっと口を噤む。

　確かに、ルカにしてみれば今更謝られても困惑するだけだろう。だからこれはニーナの自己満足だ。自分が赦されたいだけなのだ。わかっていても、言わずにはいられなかった。

　ちらりとルカを見ると、彼は火に視線を移し、薪を乱暴に投げ入れた。パチパチと音を立て、火が少しだけ大きくなる。

「……同情はいらない」

　ぽつりと呟くように言われた言葉にニーナはそれを否定しようと口を開きかけ、すぐに閉じた。

　否定をしてもきっとルカには伝わらないだろう。けれど、同情だけで謝っているわけではないことは知ってもらいたい。

　小さく息を吐き出し、ニーナは今度こそしっかりと口を開いた。

「私も、あったのです」

「え？」

　ルカは眉を寄せてこちらに顔を向けた。何を言い出すのだ、とその顔に書いてある。

ニーナは彼を見つめ返してゆっくりと続けた。

「私がまだ幼い頃、両親は流行り病で他界しました。その後は親戚の家に身を寄せたのですが、そこでルカ様と同じような暴力を受けて、見兼ねた幼馴染みが庇ってくれたことがあったのです。その後は暴力がもっとひどくなりました」

ニーナは親戚だったが、ルカは実の父親に殴られていたのだ。男爵の機嫌が悪い時は、夜中に熱を出すほど痛めつけられる。聞けば、それは幼い頃からずっと続いていたのだという。精神的にも肉体的にもとてもつらかっただろう。

「そんなことが……」

ルカは、驚きと怒りが混ざったような、何とも言えない顔をした。彼の拳が強く握り締められているのを見て、ニーナは笑顔を作る。

「でも、ひどいことばかりでもなかったのです。食事は毎日出してもらえましたし、寝る場所もありました。それに私がいたのはその家だけではなかったので、ルカ様ほど長い間暴力を受けていたわけではありません。他の家では労働力として使ってくれたのでいろいろと覚えることができたのですよ。生まれた村を出た後はヴィオラやヴィオラの両親が親切にしてくれましたし、ルカ様にも会えました。素敵なめぐり合わせです」

食べられる野草に詳しくなったのは両親のおかげだが、それらの名前まで覚えられるほどニーナは大きくなっていなかった。それが心残りだが、もし両親が生きていたら、ルカとは会っていなかっただろう。そう考えると、これまでの出来事は無駄ではなかったと思える。

　野草以外のことに関しては、養《やしな》ってくれた家々ですべて教えてもらった。いつでも自立できるように、ニーナは必死に覚えたのだ。

「だから……同じ気持ちではないかもしれませんけど、ほんの少しは分かると思うのです。それでも私は何もできなかった。だから謝りたいのです」

　体ごと向き合い真っすぐにルカを見ると、彼は頬を緩めた。

「そうか……」

　一言だけ口にして、ルカは小さく頷いた。

　謝罪を受け止めてくれたと解釈し、ニーナはほっと息を吐き出して体を元の向きに戻す。同時に、赦しを得てもニーナの気持ちが軽くなるだけで、ルカにはつらい記憶を思い出させてしまったと申し訳ない気分になった。

　ルカはきっとこんな突然の謝罪なんて望んでいなかっただろうし、ニーナの過去がどうであれ、助けられなかった理由なんて聞きたくなかったに違いない。

　実際に、ルカは助けを求めてはいなかった。彼は暴力を振るわれた後、手当てをするニーナが話しかけることを嫌った。薬を塗るニーナと目を合わせることも頑なに拒否していたくらいだ。最初は手当てすらさせてもらえなかったので、ニーナが関わることが嫌だったのだろう。

そんなルカに、ニーナは謝罪を聞き入れろと強要したようなものだ。

そのことをまた謝りたくなったが、重ねて謝るのはさらに傷口を抉る行為かもしれないと思うと何もできず、ニーナはがっくりと項垂《うなだ》れる。

突然落ち込みだしたニーナに何を思ったのか、ルカはニーナの頭にぽんと手をのせてさらりと言った。

「俺は、父の子供ではないんだ」

「え!?」

驚いたニーナは勢いよく顔を上げた。彼は、深刻な話にもかかわらず穏やかな表情で語り始めた。

「父から投げつけられる言葉の端々から、そうじゃないかとは思っていたが、最近になってそれが真実だと知らされた。母が父に見初められる直前に関係のあった男が俺の本当の父親らしい」

そんな……とニーナは眉を寄せる。

「奥様は恋人がいたのに、男爵と結婚したのですか？」

「ああ。母も金の亡者だからな。子供ができたことに気づく前に、金のあるほうに素早く乗り換えたんだろう。生まれてきたばかりの時には分からなかったが、成長するにつれて次第に父は俺が自分の子でないのではと疑い始めた。それからだ。俺を離れに閉じ込めて暴力を振るうようになったのは」

一瞬だが、ルカは苦しそうに目を伏せた。けれどすぐに、ニーナの好きな榛色と黄緑色の瞳が前髪の間から覗く。

「母は、俺が生まれた時にはすでに前の男の子供だと気づいていたのかもしれないな。俺のこの目は本当の父親譲りらしいから。その事実を知ったのも最近なんだ。だから憶測でしかないが、小さい頃から一度も母に抱き締めてもらったことがないのは、きっとその憶測が真実だからだ」

ニーナが自分の過去の話をしたからか、ルカは出生の秘密を打ち明けてくれた。

自分の話をほとんどしたことがない彼が教えてくれた真実に、ニーナは驚きと悲しみと喜びを同時に感じた。屋敷を出てから会話は増えたが、こんなにたくさん話をしてくれたことはなかったので、嬉しさが一番大きいかもしれない。けれど冷静に考えてみると、一介の使用人が知ってはいけない話である。

それでも、もっとルカのことを知りたいと思う気持ちが抑えられず、ニーナはおずおずと尋ねた。

「あの……最近になって知らされたって誰からです？　本当の父親は誰なのですか？」

「…………」

この問いには沈黙が返ってきた。

これは訊かれたくないことなのだろう。

「ええと、じゃあ、屋敷を出ようと決意したのはそのせいもあるのですか？」

違う質問をすると、今度は「ああ」と返事があった。

「身売りされそうなのも本当だが、父親の件も屋敷を出る決意をした理由の一つだ。実は以前からずっと屋敷を出る機会を窺っていたんだ。何もかもを捨てて一から人生をやり直そうと思っていた。自分が危機的状況にある今がその時だったというわけだ」

「そうですか。何もかもを捨てて……。ずっと覚悟を決めていたのですね」

ゆらゆらと揺れる火のせいでルカの瞳に橙色が混じりこみ、不思議な色合いになっている。

その瞳に見惚れながら話を聞いていたニーナは、突然ルカが柔らかく目を細めたことにどきりとした。

「ずっとというか、君が……」

「え？」

途中で言葉を切ったルカに首を傾げると、彼はすぐに首を横に振った。

「いや、なんでもない」

ルカが何を言おうとしていたのかは分からなかったが、彼が言わないと決めたなら話してはくれないだろう。

ニーナは火の調節をしながら枯れ枝をくべ、今の話を頭の中で整理する。

まず、男爵夫人には男爵と結婚する前に恋人がいた。けれどその人を捨てて男爵と結婚。そしてルカが生まれ、その瞳を見て夫人はルカが男爵の子供ではないと気がつく。ルカの成長とともに男爵も自分の子供ではないのではと疑いを持ち、ルカを離れに隔離し暴行を繰り返すようになった。最近になりルカは本当の父親の存在を知り、マダムに身売りされそうになったのも重なって、逃げ出すことを決意した。……ということか。

それと、左右の色が微妙に違うルカの目は、本当の父親譲りであること。

確かにルカは男爵には似ていない。男爵は背が低く小太りで、顔はのっぺりとしていてどことなくカエルに似ている。それに比べてルカは、背が高くすらりとしていて、愁いを帯びたくっきり二重の瞳と高い鼻、下唇のぽってりとした色っぽい唇が芸術的に配置された、端正な顔立ちをしているのだ。

ルカの顔は夫人に似ているが、そう思うのは顔の輪郭と唇のせいだろう。すっきりした顎も、色っぽい唇もそっくりだった。よく見ると他のパーツは夫人にも似ていない。ルカの弟のフランソワは残念ながら男爵似である。だから余計に、男爵はルカの出生に疑問を持ったのではないだろうか。

――だからと言って、暴力に走ったことは許せないけど。

男爵に対する怒りで頭の中がいっぱいになりそうになり、ニーナは慌ててそれを振り払った。

今は男爵のことなんて考えていたくない。

幼い頃から孤独を感じてきたであろうルカが、人生をやり直そうとしている。言わばこれは門出なのだ。そんなめでたい節目に自分が関われているなんて、とても喜ばしいことではないか。

ルカは家族に恵まれなかった。けれどもう孤独を感じることはない。そう。彼は独りではないのだ。

ニーナはぐっと拳を握って力強く言った。

「安心してください！　ルカ様には私がいます！　きっとお役に立ちますし、もう二度と独りにはさせません！」

「いきなりどうした？」

思い切って宣言したのに、怪訝な顔をされてしまった。

ちゃんと伝わらなかったのだろうかと、ニーナは直接的な言葉に言い直す。

「ええとですね……今のは、私はルカ様のことが好きなので、ずっと一緒にいます！　という宣言なのです」

「……軽いな」

ぼそっと呟かれた言葉の意味が分からず、ニーナはルカの顔を覗き込んだ。

「軽いって何がですか？」

問うと、ルカはなぜかニーナをじっと見つめてきた。

ニーナも戸惑いながら見つめ返していたら、不意に彼の顔が近づいてきて唇同士が触れ合った。

「えっ……!?」

不意打ちの口づけに、反射的に体が飛び退いてしまった。ルカから逃れるように後ろにのけ反ったニーナは、急いで体勢を整える。

今のはいったい何だったのだろう。昨夜されたのとは違う、性欲処理ではない、触れるだけの口づけだった。

――まるで恋人同士のような……。

口づけをされて嬉しいのに、どういうわけか体が勝手に逃げた。自分でも理解できない行動に、ニーナは慌てて言い訳を口にする。

「あ、あの、今のは、嫌だからではなく、急だったから驚いて……その……すみません」

しどろもどろの謝罪になってしまった。いつもの軽口が出てこないことに、ニーナ自身が困惑している。

目を合わせられずにいると、ルカのため息が聞こえた。

「君の言う〝好き〟は、どういう意味だ？」

怒っているのかと思ったが、ルカの声は穏やかだった。

「意味？　それはもちろん……ええと、ずっと一緒にいたい、という意味です！」

なぜそんなことを訊くのだろうか。

勇気を出してルカを見ると、彼は表情を消してニーナと視線を合わせた。

「自分で気づいているか？　君は俺を好きだと言うが、俺の答えを聞こうとしないことに。それに、元から俺の気持ちを自分に向けようとはしていないだろう」

感情を見せず淡々とルカは話す。

やはりルカには気づかれていたのだ。ニーナが彼の気持ちを欲しがっていないことに。

「君が必要以上に俺の世話を焼いていたのは、父の暴力を止められなかったことへの贖罪《しょくざい》ではないのか？　一緒にいようとするのも、それがあるからだ」

「そんな……」

やっと一言だけ言葉を発せたが、それ以上は続かなかった。

「……やっぱりか。君は俺のことを男として好きなわけではないんだな」

それまで抑揚なく喋っていたルカが、吐き捨てるように言った。

違う、と言葉にしたかった。けれど、唇が凍ってしまったかのように冷えて動かない。

ニーナは確かにルカのことが好きだ。ルカと目が合えば嬉しいし、触れられるとドキドキするし、ずっと一緒にいたいと思う。

幼馴染みのクロのことも好きだったが、これほどまでに鼓動がうるさくなることはなかった。相手の反応に一喜一憂して胸が締めつけられるような気持ちになるのは初めてなので、これが〝恋〟なのだと断言はできないが、きっと〝恋〟なのだと思う。

口づけも、体を触られることにも嫌悪感はない。

それなのに、彼の気持ちだけは受け入れられないと思ってしまうのだ。

彼の言葉を否定できずに顔を伏せたニーナに呆れたのか、ルカは再び感情のこもらない口調になった。

「ずっと、君の言う〝好き〟は信用ならないと思っていたんだ」

それは昨夜も言われた言葉だ。

今まで何度か好きだと言ったが、ルカは信用してくれなかった。

「君は誰にでも好きだと言うじゃないか。使用人たちにも言っていた」

ニーナの考えを読んだようにルカは言う。気配だけで、彼がニーナを凝視しているだろうことは分かった。

「誰にでも懐くし、誰にでも笑いかけて、簡単に好意を表す。……君の気持ちは軽い。いろんな人間にばら撒ける好きなんて、俺はいらない」

ニーナの〝好き〟はそんなに軽いのだろうか。その中でもルカは特別なのに、それは彼にまったく伝わっていないらしい。

「それに、君は俺を男だと思っていない」

聞き捨てならないことを力強く断言され、ニーナは思わず顔を上げた。

「思っていますよ！」

ルカはニーナよりも背が高く肩幅も広く胸も厚い。それに腕も足も筋肉がついていて女性よりも太いし、声だって低いのだ。彼が男だということはちゃんと分かっている。

現に、今こうして近くで視線を合わせているだけで鼓動が跳ねる。これはルカを男性だと意識しているからこその反応だと思う。

それなのにそんなことを言われるなんて心外だ。

「いや、思っていない」

きっぱりと否定されたことが我慢ならず、ニーナはすぐさま先ほどの言葉を繰り返す。

「思って……んぅ……」

しかし言葉の途中でルカが突然嚙みついてきた。いや、嚙みつくように唇を塞がれたと言ったほうが正しいかもしれない。

咄嗟に離れようとしたが、素早く背中に回ったルカの腕で阻止された。力強い腕に引き寄せられ、ニーナの体は完全に彼に捕らわれた。

「……んっ……ぅ……」

舌をねじ込まれ、逃げる間もなく絡めとられる。舌同士が擦り合う感触に、くすぐったいような何かがぞわぞわと背筋を這った。

昨夜の行為で、口づけの気持ち良さはすでに知ってしまっている。だからなのか、ろくな抵抗もできずに体がくたりと力をなくし、無意識に握り締めていたルカの服から手が落ちそうになった。

それで我に返り、慌てて服を握り直して顔を後ろに引く。けれどすぐに後頭部に手を回され、ぐいっと引き戻された。

「あっ……う、ん……！」

戻された勢いで、唇が隙間もなくぴたりと重なり合って口づけが深くなる。深くまで差し入れられたルカの舌に、奥から上顎を舐め上げられた。それだけですぐにまた力が抜けてしまった。

口腔のどこを触られても気持ちが良い。ぴりぴりとした刺激が脳を冒していく。

――駄目。駄目なのに……。

頭では早く離れなければならないと分かっているのに、体は素直にルカを受け入れてしまっていた。

快楽に流されたわけではなく、ルカとくっついていられるのが単純に嬉しかった。

ぎゅうぎゅうに抱き締めてくる力が強くて苦しいけれど、それすら心地好いと感じる自分はどこかおかしいのだろうか。

こんなことは駄目。早く離れないと。

気持ち良い。もっとくっついていたい。

相反する気持ちが心の中でせめぎ合っている。

けれど、『男は好きな女じゃなくても抱ける』という昨夜のルカの言葉が脳裏によみがえった途端、くっついていたいという思いのほうが勝った。

たとえルカがニーナを好きではなくても、キスをされると嬉しい。触れられると嬉しい。抱き締められると嬉しい。

昨夜は、自分がルカのことしか考えられなくなりそうで怖くなったが、二度目となると少しだけ余裕ができた。だからきっと大丈夫だ。

おとなしくルカの性欲処理に付き合おう。女なら誰でもいいと言いながら、ニーナを選んでくれたのだから喜ばしいことである。侍女であるニーナが本当の意味でルカと結ばれることなんてないのだから。

上顎を這っていたルカの舌が、奥に縮こまっていたニーナの舌を掬い上げた。ぐるりと回すように舌を絡められる。

きつく吸われたと思ったら、今度は優しく舌の表面を撫でられた。緩急をつけた動きに翻弄され、敏感に反応し、体がくずおれそうになる。

ルカの腕がしっかりと抱き留めてくれているが、ニーナも必死に彼の背中にしがみついた。

「……ん……ぅ……」

鼻から息とともに甘い声が抜けていった。

たまにほんの少しだけ唇が離れるので、その時に息をたくさん吸い込む。そうやって意識的に呼吸をしていたが、次第に考えなくてもできるようになった。

そのため、ルカから与えられる刺激に意識が集中してしまい、体がより敏感になったような気がする。

ニーナがもう抵抗する気がないと感じ取ったのか、後頭部を押さえつけていたルカの手が優しく髪を撫で始めた。心地好い動きにうっとりとしていると、その手が耳の後ろに移動する。

ルカの細く長い指が、耳裏をくすぐるように這い、耳朶を指で挟む。むずむずとした感覚に首を竦めると、耳の穴にするりと指が入り込んだ。

指のゆっくりと動く音が鼓膜《こまく》を震わせる。自分以外の指がそんな場所に入ってくるなんて想像もしたことがなかったので戸惑いのほうが大きかった。

五本の指がそれぞれ、形を確かめるように耳殻をなぞり、柔らかな耳朶を摘まみ、穴の中に入り込む。自分で触っても何も感じないのに、ルカの手はそれらを甘い刺激に変える。

流麗なピアノの音を奏でる指に触れられているのだと思うだけで、ぞわぞわとした愉悦が体全体に広がった。

——ルカ様……。

口は塞がれているので、心の中で名前を呼ぶ。

それだけで、夏の暑い日のように頭がクラクラした。まるで発熱しているかのように体が熱くなる。

余すところなく耳を這った指は、ゆっくりと顎から首筋に下りてくる。

首に与えられる刺激に気を取られていると、今度はニーナの背中を支えていたほうの手が意図をもって動き出した。

背中をするりと撫でられただけでぞわぞわとしたのに、背骨に沿って指を這わされて痺れるような感覚が全身に駆け抜けた。

ニーナが小さく身を震わせたのに気づいたルカが、下から上へ上から下へスーッと指を滑らせる。

もうどこに意識を集中していいのか分からなかった。

口腔、首筋、背筋から発生した甘い疼きが体の奥底に溜まり、それが熱の塊《かたまり》になっていく。

口づけも、これから経験するであろう行為もルカが初めてだ。

この国では性暴力の被害に遭う女性が多いことは知っている。実際に被害に遭った少女が昔近所にいたからだ。

けれどこれまでニーナをそういう目で見る人間はいなかった。

両親の死後、引き取られた家々で満足な食事を与えられなかったからかもしれない。そのせいで女性らしい体つきにはならず、二年前までは少年のような体形だったのだ。

今思えばそれは幸運なことで、もしニーナが同年代の少女たちのように女性らしい体だったら、殴られるという暴力以外にも性的な暴力の被害者になっていたかもしれなかった。

ヴィオラに男爵家の使用人に誘ってもらえて本当に良かった。男爵家でたくさん食べられるようになって、ニーナの体は急成長した。胸も大きくなったので、ルカをガッカリさせなくて済む。

ルカがニーナ相手にその気になってくれているというだけで嬉しい。それ以上なんて求めてはいけない。求めたくはない。

は……と小さく息を吐き出し、ルカが顔を離した。唇から温もりが消えたのが寂しくて、ニーナはきつく閉じていた目を開ける。

すると、至近距離からニーナを見つめるルカと目が合った。彼の瞳は潤んでいて、頬は色づき、唇は紅く濡れている。興奮している顔だ。きっとニーナも同じような表情をしているだろう。

榛色と黄緑色の双眸から目が離せなかった。

「これで、俺が男だって……分かったか？」

吐息がかかる距離で囁かれ、ニーナは小さく頷いた。

最初から分かっていると言いたいが、それだと先ほどと同じような言い合いになってしまうだろう。

本当に分かっているのだ。けれど、ニーナが本気で『男のルカ』を求めることができないでいるから、ルカは疑うのだと思う。

ニーナが頷いたことで満足したのか、ルカは僅かに目を細めた。そして自身の顔をニーナの首元に埋める。

「ルカ様……」

呼ぶと、返事の代わりに首筋をぺろりと舐められた。指とは違う濡れた感覚に、ビクッと体が震える。

ルカの唇が食むように首筋をなぞり、時折チロチロと舐めてきた。するとある場所で、ちりりとした痛みを感じた。昨夜彼に噛まれたところだとすぐに思い当たる。

きっと痕が残っているのだろう。ルカは執拗にそこを舐め回し、きつくきゅっと吸い上げた。

「……んっ……」

痛みを感じるのに、なぜか下腹部がじんわりと熱くなる。体の奥で塊となった熱がまた一回り大きくなった気がした。

首筋を吸い上げながら、ルカの手が胸の膨らみを包み込む。この二年で、自分の手だと少し余るくらいに大きくなった膨らみだが、ルカの大きな手に覆われるとすっぽりと隠れてしまう。

着替えの時に見たヴィオラの胸は、ニーナの倍は豊満だった。あの胸なら、ルカの手でも有り余るのだろうか。

大きな胸を包むルカの手を想像して、ニーナは慌ててそれを頭の中から追い出した。ニーナはまだ成長期なので、これからもっと大きくなるはず。だから大丈夫だと自分に言い聞かせ、ぎゅっと目を瞑った。

視界が閉ざされると、途端に感覚が鋭敏になる。

形を確かめるように動いていた手が、胸の中心部を撫でただけで小さく体が跳ねた。特に敏感になっているそこが、ルカの手に反応して硬くなるのが分かる。

「……ぁ……」

肌が粟立ち、痺れるような刺激が中心部から胸全体に広がっていった。

昨夜と同じように、ルカの指は突起の上を何度も往復する。寒さ対策でシャツだけではなく厚手の下着を二枚ほど重ね着しているので分かりづらいと思うのに、彼は的確に敏感な部分を擦ってきた。

「……ぅん、ん……」

吐息混じりに声が漏れてしまうと、指が中心部で円を描くように動いた。突起を引っ掻くようにぐりぐりと爪を立てられ、より強い刺激がニーナを襲う。

思わずルカから逃れるように身を捩った。すると背中で蠢いていた手が腰に回され、軽々と体を持ち上げられた。

そしてあっという間に、ルカの体を跨《また》ぐように座らされる。彼と正面から抱き合う形だ。

「君は細過ぎるぞ……」

鎖骨を食みながら言われ、ニーナは驚きに見開いた目を下に向ける。いつの間にかシャツの紐を外されているのに気がついた。

首元がはだけているから鎖骨が出ているのかと今更ながら思ったが、器用だな、という感想しか思い浮かばない。

「これでも太ったんですよ。胸も大きくなったのです」

囁くように小さな声で言い返すと、ルカの白金の髪の毛が揺れた。

「ああ。最初に会った時に比べれば、かなり……」

ルカは少しだけ顔を上げたが、ニーナと目が合うと言葉を切ってすぐに顔を伏せてしまった。

顔が見えないと、ルカが何を考えているのかまったく分からない。言葉の続きを待ったが、彼は無言で鎖骨を舐め始めた。

ツーッと骨の部分に舌を這わせた後、鎖骨のくぼみを舌先で抉るように舐め回される。くすぐったいのにそれだけではない何かがぞわぞわと背筋を這い上がってきた。

不規則な動きをする舌に気を取られている間に、ルカがニーナのシャツと下着を捲り上げた。

ひんやりとした空気が入り込んできて身震いをする。同時に、温かいルカの手が直接腹部に触れた。服の上から胸を愛撫していた手が、直接肌に刺激を与えようとしているのだ。

「あっ……」

腹部からするすると上がっていった手が、胸の下に到達する。膨らみと腹部の境界線を行ったり来たりした後、胸の輪郭を辿り出した。そして下から胸を包み込む。

初めて自分以外の手に触れられた肌は粟立ち、ニーナは緊張と戸惑いで息を止めていた。息を吐き出したのは、ルカのてのひらが突起に触れた時だ。

「……ふ……」

当たっただけなのに肩が跳ねた。

ルカは焦らすようにゆっくりと、胸全体をてのひらで押すように覆った。尖った中心部は避けるようにして優しく揉む。

手つきは優し過ぎるほどなのだが、たまに突起を掠る動きはひどく意地が悪い。そこが気持ち良いなんて昨日までのニーナは知らなかったというのに、今は触れてほしいと心のどこかで期待してしまっていた。

「……ルカ様……ぁ……」

名前を呼ぶと、やはり行動で返事をされた。鎖骨から今度は耳に移動した唇が、ニーナに応えるように耳殻を挟んだ。そのまま甘噛みされ、舌が穴周辺を這う。

「やっ……あぁ……！」

指では感じなかったぬるりとした感覚が、一瞬にして背筋に痺れを走らせた。舌が動く度にぴちゃぴちゃと濡れた音が脳内に響く。その音がいやらしい気分を増幅させた。首を竦めても水音からは逃れられず、ニーナは下唇を噛み締める。すると突然、ルカの指が胸の突起をとらえた。

「んんっ……！」

強い衝撃がびりっと全身を駆け抜け、ニーナは大きく体を震わせる。服の上から弄られた時とは比べ物にならない刺激で、一瞬何が起こったのか分からなかった。

けれど、突起を摘ままれて先端を擦るように指を動かされ、そこから生じる甘い疼きに頭の中がいっぱいになった時——。

「痛くないか？」

熱のこもった声で囁かれ、ルカに愛撫されているのだと理解した。

「もっと触るぞ」

大好きなルカの声だ、と思ったニーナは、言葉の意味を考えることなく頷く。

ルカはぼんやりしているニーナをマントの上に押し倒すと、手をズボンの隙間から中に入れてきた。そして下着の上から秘部に触れる。

「……っ……!!」

割れ目を擦るように指が動いた。胸だけの刺激で余裕がなくなっていた頭は、さらなる刺激で何も考えられなくなる。

思考が停止しているニーナに気がついているのかいないのか、何かを確認するように一定方向に往復していたルカの指が、するりと下着の内側に入り込んできた。

直接秘部に指が触れ、ニーナは思わず腰を引いた。しかし、腰にあるルカの手のせいでほんの少し体が動いただけだった。

逃げ場はない。

ニチャ……という水音がして、ぬるぬるとしたものがルカの指に絡みついた。それが恥ずかしくて、ニーナは顔を背ける。

微かな笑い声のような吐息が鼓膜を震わせた。ルカの笑い声だと思うだけで、腰から力が抜ける。

瞬間、ルカの指が敏感な花芯を擦った。ニーナの脳天に強烈な刺激が駆け抜け、反射的に体が大きく跳ねる。

あまりにも強過ぎる刺激に茫然とした。今のはいったい何だったのかと考える前に、ズボンと下着を脱がされルカがその場所に再度指を這わせる。

「あっ……んんっ……！」

甲高い声が口から漏れ出た。

優しく撫でるような手つきのせいか、先ほどの駆け抜けるような刺激にはならなかった。ただ、今まで感じたことのない強い快感であることは変わらない。

ひっきりなしに声が漏れる。

意思とは関係なくびくびくと体が痙攣《けいれん》し、体の奥にある熱の塊が急激に成長していった。

優しく撫で、時には押し潰すようにルカの指は器用に動く。

敏感な部分を愛撫しているのとは別の指が、膣内の入り口を浅く出入りし始めた。けれど、浅い部分なので痛みはなく、その刺激よりももっと強烈な快感を与えられているために、ほとんど意識に入ってこない。

頭の中で繰り返されるのはルカの名前だ。それ以外に縋るものがない。

何かが湧き上がってくる感覚に本能的に恐れを抱き、ニーナはぎゅっと拳を握り締めた。

するると突然、ルカの顔がニーナの下半身へと移動した。ぼんやりとそれを目で追っていると、秘部にルカが舌で触れるのが見えた。

「あっ……！」

声を上げると同時に、花芯にぬるりとした感触がした。指とは違う、まとわりつくような快感が背筋を通って脳天に抜ける。

水音を立てながら舐め上げられ、ニーナの口から苦しげな吐息が小刻みに吐き出された。腰が揺れ、太ももの筋肉が震え始める。

優しく花芯を舐めるだけだったルカが、不意にきゅっと吸いついてきた。瞬間、それまで成長し続けて大きくなった熱の塊を受け止めきれなくなった。

「……っっ!!」

何かが弾けるような感覚がつま先から頭のてっぺんまで一気に駆け抜ける。頭が真っ白になり、体が大きく痙攣し、息すらできなくなった。

気づいた時には、脱力した体をルカが抱き締めてくれていた。彼はニーナの呼吸が整うまで頭を撫でながら待ってくれる。

すごい脱力感だが、これは普通のことなのだろうか。ニーナがおかしいのだろうか。問いたいが、口を動かすのも億劫な気分だった。

ルカの腕の中から動きたくなくて、ニーナはぐったりと身を預ける。

今二人は、身分なんて関係ない、ただのルカとニーナになっている気がした。危険のない二人だけの世界にいるのだ。

――何もかも忘れて、このままでいられたらいいのに……。

今だけは、甘い気分でいたい。

離れたくないと思いながらルカの首筋に頬を寄せると、彼の手がニーナの腕を掴んだ。

そして彼は耳元で囁く。

「君が好きだ」

甘い声だった。本来なら腰が砕けていたであろう色っぽい声である。けれど、ニーナは一気に全身の熱が冷めていくのを感じた。

ルカは少し体を離して、ニーナの顔を覗き込んできた。

「…………」

ニーナもルカのことが好きだ。けれどそれを言葉にはできない。……できなくなってしまった。一瞬にして現実に戻り、自分の立場を思い出した。

せっかくルカが好きだと言ってくれたのに、それを撤回してほしいと思う自分はなんて自分勝手な人間なのだろう。

口を開かないニーナをじっと見つめていたルカだったが、ニーナが視線を逸らすと大きなため息を吐き出した。

それにびくりとすると、ルカはニーナを抱き起こして乱れた服を整えてくれた。無言なのが怖いが、ニーナが寒くないようにしてくれたのは明白だ。

こんなにも優しいルカに、ニーナは何も返せない。

「君の言う〝好き〟ってなんだ？」

先ほどと同じことを問われた。好きは好き以外の何物でもないけれど、その答えはきっとルカの意にそぐわないのだろう。

何と答えて良いのか分からず、ニーナは火に照らされて揺れている二人の影を見つめた。沈黙が重い。ルカと一緒にいて、こんなふうに思うのは初めてのことだった。彼といるのは楽しいし嬉しいのに、今は息苦しい。

後ろめたさでルカの顔を見ることができず、彼がどういう表情をしているのか分からなかった。呆れているだろうか。怒っているのだろうか。

きっとそのどちらでもあるのだろう。怒って当然だ。好きだと言いながら、いざルカに好きだと返されたら怖気づいてしまうのだから。冗談で言っていたわけではないが、そう思われても仕方がない。

「君は、俺が君を好きにならないと思っていたから、安心して俺を追いかけていたということか」

上から降ってくるルカの声からは、感情が読み取れなかった。けれど、ニーナの腕を摑んでいる手にぐっと力が入り、怒っているのだと分かる。

ニーナは何も言い返せなかった。その通りだからだ。

貴族の彼と使用人の自分が結ばれるなんてありえないことだと思っていた。それは、こうして屋敷から出た後も変わらない。

それに、ニーナはいつもルカが冷たい態度をとってくれると安心していた。ルカはニーナに見向きもしないと思うだけで好意を曝《さら》け出せた。

だから昨夜も、彼が本気でニーナを求めていると感じ取った瞬間に、突然怖くなってしまったのだ。

ルカは絶対にニーナを好きにはならない。勝手にそう決めつけて、それを押しつけて、彼の気持ちなんて考えずに〝恋〟を楽しんでいた。

今まで散々他の女の存在に嫉妬していたのに、心の奥底では〝いつか必ず他の誰かのものになる人〟という思いがあった。それは否定できない。

本気で両想いになりたいなんて、これっぽっちも考えていなかったのだ。

——だって……。

「だって……私は疫病神なのです。私を好きだと言ってくれた人は、みんな私の前からいなくなってしまうから」

自分のものとは思えないほどの弱々しい声が、唇から零れ落ちる。

こんな話をルカにする日が来るとは思わなかった。自分が疫病神だなんて、彼に知られたくなかった。

「どういうことだ？」

痛いほどにニーナの腕を摑んでいたルカの手から力が抜けた。声も優しくなっている。その声に背を押され、ニーナは閉じそうになる唇に活を入れて言葉を紡いだ。

「両親も、幼馴染みも、私のことが一番大事だって言ってくれていた人たちは……私が必要とした人たちはみんな、私を置いて行ってしまうのです。両親は流行り病で。私を親戚の暴力から庇ってくれた幼馴染みは落馬で首の骨を折って。いつも私は見ていることしかできなくて、私だけが助かって、想いを返してくれた人たちは手の届かない場所に逝《い》ってしまう……」

声が震える。目の前で大切な人たちが息を引き取るのをただ見ていることしかできなかったことを思い出すと、胸が張り裂けそうだった。

「ルカ様も……と考えたら怖くて。好きな気持ちは本当なのに、手を伸ばすのが怖いのです。またいなくなってしまうと思ったら……」

自分は無力だ。病気で苦しむ両親を治すこともできず、暴れ馬を落ち着かせようとする幼馴染みを止めることもできなかった。

「ルカ様までいなくなったら、私は二度と立ち直れません。私は……臆病で汚い人間なのです……」

言い終わると同時に、全身の水分が一気に押し出されたようにぼろぼろと大量の涙が溢れ出た。

泣く姿を見られたくなくて、ニーナは摑まれていないほうの腕で顔を覆った。

こんなにたくさんの涙が出ることはもうないと思っていた。大切な人たちを失ったあの時に悲しみの涙は枯れ果てていたはずだ。それなのに、ルカと未来永劫《えいごう》会えなくなると想像するだけで次から次に涙が溢れてくる。

ニーナの今の生きる糧《かて》はルカの存在だ。

最初は、孤独なところが自分と似ていると思って親近感を覚えた。屋敷の中で弱い立場にあった彼への同情心がなかったと言えば嘘になるが、虐《しいた》げられながらも誰にも当たらず自分の中だけで消化しようとする彼の姿により惹かれた。

普通なら、他の人間で憂《う》さ晴らしをするか、やり切れない気持ちを持て余して自傷行為に陥ってもおかしくないだろう。けれどルカはそのどちらでもなく、何もかもを受け入れているかのように泰然《たいぜん》とした様子で日々を過ごしていた。

それだけでも尊敬に値するのに、彼は不器用ながらも人に優しかった。素っ気ない言葉で人を寄せつけないのも、巻き添えにしないためなのだと思う。

現に、侍女として働き始めた頃に男爵の暴力からルカを庇った時、彼は男爵の怒りの矛先がニーナに向かないようにその身を盾《たて》にしてくれた。

ルカが殴られるのを見ているくらいならニーナが殴られたほうがマシだと思っていたが、助けに入る度に彼が身を挺して守ってくれるせいで、さらなる暴力が彼を襲うという悪循環になった。

だからそれ以来、ただひたすら我慢をして、暴力が終わるのを待つようになった。

男爵の暴力に耐えるルカのため、ニーナも扉一枚隔てた廊下で唇を噛み締めて部屋に足を踏み入れないように必死に我慢していた。男爵が部屋を出たらすぐにルカの手当てをするため、救急道具を胸に抱き締めてずっと耐え忍んできたのだ。

あの地獄からルカを連れ出したかった。それをしなかったのは、その先の生活の不安もあったが、二人きりで生きることの不安のほうが大きかった。

両親は『ニーナ、愛している』と言い残して息を引き取った。そして、両親がいなくなってから唯一の心の拠り所だった幼馴染みのクロは、『僕はニーナが大好きだよ』と言ってくれて『私も』と返した翌日に目の前で落馬した。

そのせいで、万が一ルカと特別な関係になってしまったら、両親のように病で、幼馴染みのように事故で、それとも何か別のことで彼が命を落とすのではないかという思いがどうしても消えなかった。

だから逃避行は怖くて実行できなかった。

ニーナは、ルカを暴力から救うよりも自分の心を守ったのだ。

自分はなんて卑劣な人間なのだろう。こんな醜悪《しゅうあく》な人間がルカに好かれてはいけない。好きだと言ってもらえる資格なんてないのだ。

身分の差以前に、自分は高潔なルカには相応しくない。

「……ぅっ……」

嗚咽が漏れ、慌ててぐっと口を引き結ぶ。

自分の弱さのせいで泣いている顔を見られたくなかった。どんなにつらくても決して涙を見せず弱音も吐かなかったルカに、こんなみっともない姿を見せたくない。

できればここから逃げ出したかった。ルカから遠く離れ、思い切り声を上げて泣きたかった。自分を罵《ののし》ってやりたかった。

その思いが通じたのか、摑まれていたほうの腕が不意に解放された。

けれど次の瞬間には、強く抱き締められていた。

温かく硬い胸に頬が当たり、力強い腕で体を囲われる。

「ニーナ」

君、ではなく名前で呼ばれた。初めて名前で呼んでくれた。驚き過ぎて、滝のように流れ出ていた涙がぴたりと止まった。

「思っていることをすべて話してくれ。俺は君のことがもっと知りたい」

全身でニーナを包み込み、背中を優しくぽんぽんと叩いてくれながら、ルカは優しい口調で言った。

「でも……」

汚い自分を見せて嫌われるのが怖い。好きだと返せないくせに、嫌われたくないと思うなんて、これも自分勝手な感情だ。

躊躇するニーナに、ルカは『分かっている』と言うように髪に顔を押しつけてきた。

「何だっていいんだ。思っていることを正直に言ってほしい。……君の思考がおかしいことはもうとっくに知っているから」

ニーナを安心させようとしているのか、最後にぽつりと付け足した。

きっと彼はニーナの葛藤《かっとう》なんてお見通しなのだろう。醜く汚い部分も全部曝け出せと言われた気がした。

そうだ。ルカはいつも、文句を言いながらもニーナを受け入れてくれていた。

話しても良いだろうか。……心の内を明かしても、ルカはこれまでのように受け入れてくれるだろうか。

そんな都合の良い期待を抱く自分を嘲笑いながら、ニーナは自分の卑劣な行いと気持ちを告白する決意をした。

ニーナはルカの背に両手を回し、ぎゅうっと強く抱き着きながら、今まさに思っていた

卑怯な思考や、高潔なルカに不似合いな自己嫌悪のことなどをすべて打ち明けた。

するとルカはなぜか居心地が悪そうにもぞもぞと体を動かしてから、ニーナの首に顔を埋めて小さなため息を吐き出した。

「……俺は、君が思っているほど高潔な人間じゃない」

「謙遜ですか？」

本気でそう思った。けれどルカは否定するように首を横に振る。首筋に彼の髪や顔が当たってくすぐったい。

「いや、事実だ。君の中の俺があまりにも高尚《こうしょう》な人間で驚いた。俺のほうがよほど……」

そこで言葉を切ったルカは、続きを待つニーナを再びきつく抱き締めた。

「……なんでもない。君が意外にも悲観的で繊細だったことが分かったから、これからはもう少し優しくしてやろうと思う」

今日のルカは今までと比べると十分優しいが、それ以上に優しくしてくれるということだろうか。それに、『これからは』と彼は言った。

「こんな私でも、これからもお傍に置いてくれるのですか？」

恐る恐る問うと、ルカは大きく頷いた。

「ああ。ずっと傍にいてくれ」

その言葉を聞いて、止まったはずの涙がまたじんわりと溜《た》まっていく。

ニーナの汚い部分もルカは受け止めてくれた。嫌がらないでくれた。それだけでもう十分だ。

涙をぐっと堪え、ニーナは平然を装って言った。

「はい。ルカ様が私以外の女性と結婚して、たくさん子供を作って、最後は子供や孫、ひ孫にまで見守られて天に召されるまでお傍にいます。想像しただけで悲しみと苦しみで目から血が出そうになりますけど……きっとそれが一番の幸せなのです」

最後のほうは若干声が震えてしまった。一瞬の沈黙の後、ルカがほんの少し体を離した。

「もし本当にその通りにしたらと想像してみたら、常にハンカチを噛んだ君が傍にいるんだが……」

軽い口調でそう言われ、ニーナは思わず笑ってしまった。自分なら本当にそんなことをしそうだと思ったからだ。

それに、深く落ち込んだニーナの気持ちを浮上させようとしてくれたのが分かり、その気遣いが嬉しかった。

ルカが幸せであればそれでいい。それは本心なのに、いざ他の女性と幸せになる彼を見たらやっぱり苦しいだろうと思う。

それでもルカの幸せを願う。ニーナにはそれしかできない。

「ええ。私はお傍で歯ぎしりしながらそれらを見守らせていただきます。ルカ様が幸せなら、私の嫉妬心なんてそこらへんに転がっている石ころと同等ですから」

ニーナの自虐に、ルカはすぐさま嫌そうな声を上げた。

「やめてくれ。それなら、君が俺の妻になってくれたほうが精神的に何倍も楽だ」

「え？　ルカ様ったら、そんなプロポーズみたいなことをおっしゃって！」

つい調子に乗ってしまったが、すぐに取り消す。

「すみません、調子に乗りました」

謝りながらも、ルカの言葉が嬉しくて心が弾んでしまった。本気で求婚なんてされるわけがないのに。

ニーナがまた落ち込んだのを感じ取ったのか、ルカは突然勢いよく体を離した。そして眉尻が下がったニーナの顔を覗き込んでくる。

「君は、人の運命を左右できるほどすごい人間なのか？」

いきなり何を言い出すのかと戸惑ったが、問われたことには素直に答える。

「いえ、そんなことはできません。無力な人間です」

ルカは強い眼差しでじっとニーナを見つめた。

「そうだ。君は人の運命を変えることなんてできない普通の人間だ。はっきり言おう。君の両親と幼馴染みが君を置いて行ったのは不幸な出来事ではあるが、それは君のせいではない。君は神ではないのだからな」

「……はい」

きっぱりと告げられた言葉に、ニーナは茫然としたまま頷いた。

そんな考え方をしたことがなかった。

自分のせいで……と思うこと自体が傲慢だったのだ。それは、自分が誰かの運命を左右したと言っているのも同然である。ニーナにそんな力はないのに。

「だから、俺は死なない。分かったか？」

自己嫌悪に浸る間もなく、ニーナは再度頷く。するとルカは、満足げな顔をしてニーナの手を取った。

「俺は君が好きだ。だから、隣国に移り住んで結婚しよう」

「……え？」

ルカは今なんと言ったのだろう？

立て続けに衝撃が襲ってきているため、ニーナの頭はそれらの情報を処理しきれなかった。

――結婚しよう……？

ルカはそう言ったのか。

その言葉は自分とは無縁《むえん》だった。愛し愛されることを恐れていた自分が誰かと一生をともにするなんて、夢のまた夢だと信じて疑わなかったのだ。しかも、男爵令息と侍女が結婚することは天地がひっくり返ってもありえないと思っていた。

先ほど自分で言った『プロポーズ』という言葉ですら現実味がなかったのに、結婚となるとさらに夢物語である。

ニーナはただぼんやりとルカを見つめることしかできなくなっていた。

「断ることは許さない」

言い終わらないうちにルカの綺麗な顔が近づいてきて、唇がふわりと触れ合った。

甘い。今までにないほど甘い口づけだった。

この幸せが続けばいいのに。

そう願っているのに、心のどこかでまだ怖がっていた。

ルカと一生一緒にいたい。

本当にそう思っていいの?

本当にいなくならない?

自分が人の運命を左右できるとはもう思っていない。思っていないが……不安だった。

大切な人を立て続けに亡くしたせいで臆病になっている心では、幸せが続くという未来予想図が描けなかった。

ルカと結婚して一生一緒にいられたら、それ以上の幸せはない。

素直に『はい』と言えたらいいのに、不安が小さなしこりとなって胸の奥に居座っているせいで返事もできなかった。
――好きです、ルカ様。でも、まだ言葉にはできません。
ごめんなさい……と心の中で謝り、ニーナは彼の口づけに応えるために目を閉じた。

五章

ふと目を覚ますと、足元から朝日が差し込んできていた。

窓から入ってくる光かと思ったが、それにしては少々眩し過ぎる。

「……朝……!!」

普段は夜明け前に起きるのに、すでに眩しいと感じるほど朝日が昇ってしまっているということだ。

寝坊した！　と焦って上半身を起こすと、何かがぱさりと地面に落ちた。

「……マント」

深緑と茶色のマントと枕代わりにしていたストールを見て、ここが洞窟の中だと理解する。昨夜は大泣きして疲れてしまったらしく、甘いキスをされた後にすぐ寝入ってしまったのだ。

昨夜のことを思い出して気恥ずかしい気分になりながら洞窟内を見渡し、そこにルカがいないことに気がつく。

「ルカ様？」

顔を合わせづらいとは思ったが、まさかいないとは思わなかった。

ルカのマントはここにあるが……。

――もしかして、置いて行かれた？

最悪の事態を想像し、ニーナはマントとストールを抱えて慌てて立ち上がった。その時。

「おはよう」

洞窟の入り口から声がした。

見ると、ゆったりとした足取りでルカが近づいてくる。朝日のせいか、光の粒子がルカの全身を覆っているかのように彼がいつにも増して輝いて見えた。目を細めないと直視できない。

置いて行かれたわけではないのだと安堵しながら、ニーナは挨拶を返す。

「おはようございます、ルカ様。どこかに行ってらしたのですか？」

ルカのブーツに新しい土がついている。ニーナの視線に気づいたらしい彼は、とんとんと石につま先をぶつけて土を落としながら頷いた。

「ああ」

答えながらもそれ以上の説明はしてくれない。これも秘密なのだろうか。

ルカはどこで手に入れたのか、革袋を持っていた。ニーナの隣に座った彼は、それを差し出してくる。

「水だ」

「……ありがとうございます」

腰を下ろしながら革袋を受け取り、ニーナはそれを口に含んだ。寝起きの体に、冷たくて美味しい水が染み渡っていく。

ニーナはちらりとルカを盗み見た。

荷物は馬に載せたままだったのになぜ革袋を持っているのか、早朝からどこで何をしてきたのか、それらを訊いてもきっと答えてはくれないのだろう。

木の実と残り物の干し肉で朝食をとり、焚き火の跡を片付けてから、ルカは自分の茶色のマントを身にまとった。

出発だと思い、ニーナもマントに手をかけると、ルカがそれを押し止めた。

「少しだけ出てくる。君はここにいてくれ」

またしてもニーナを置いてどこかに行くというのか。ニーナは眉をひそめた。

「どこへいらっしゃるのですか？」

問うと、ルカは真面目な顔で答えた。

「行かなければならない場所があるんだ」

「それなら私も一緒に行きます。一人で山を歩くのは危険です」

マントを被って自分も行くと意思表示をしたが、ルカは首を横に振った。

「大丈夫だ。安全な道を歩くし、もう道順は確認してある」

前髪の隙間から見えるルカの瞳から強い意志を感じた。彼はニーナを連れて行く気が少しもないのだ。

「それほど時間はかからないと思う。昼までには必ず戻ってくるから、そんなに不安そうな顔をするな。戻ってきたら、君に話さないといけないことがある」

言いながら、ルカはニーナの頭に手をのせてくしゃりと髪の毛を乱した。そして、柔らかな微笑を整った顔に浮かべ、愛おしげにニーナを見つめたまま、ちゅっと軽く唇を合わせる。

……悔しい。口づけ一つでニーナは何も訊かずにうんと言わざるを得なくなった。

「俺が戻ってくるまで、ここから動くなよ」

おとなしくなったニーナに満足したのか、ルカは幼子に言い聞かせるように優しい口調で言った。

ルカには謎が多過ぎる。

それでもニーナはルカの言う通りにしてしまうのだ。

「絶対に戻ってきてくださいね」

口を尖らせてお願いすると、ルカは目元を緩めた。

「ああ。戻ってきたら、もう二度と君を離さないから。覚悟しておけよ」

なんという殺し文句だろう。

ニーナはうるさく脈打つ鼓動を抑えるために胸に手を当て、光の中に消えていくルカの後ろ姿を見送った。


あれからどれくらいの時間が経っただろう。

ニーナはぶるりと身震いをする。同時に、頭が鈍く痛むのを感じた。

慌てて洞窟の外に出ると、晴れている時は高い場所を飛んでいる小さな虫の集団が、視認できるくらい低い位置に下りてきていた。

——雨が降る。

けれど、ルカはまだ戻ってこない。

ここで待っていろと言われたが、雨が降ってしまったら山はとても危険になる。それが分かっていて、ただじっとルカを待っていることはできなかった。

それほど時間はかからないと言っていたが、すでに一時間は経っている気がする。

あと三十分もしないうちに雨は降ってくるだろう。それまでにルカがここに戻ってくるとは限らない。

ニーナは、白い粉を出す小石で洞窟内の岩に文字を書いた。もしルカと入れ違いになった時のために、『昼には戻ります』と記したのだ。

雨が降り出す前にルカが洞窟に戻ってくればそれでいい。けれど降り出した後に山の中を歩くようなことがあれば、滑落や土砂崩れの心配があるので放ってはおけない。

ニーナはマントを身に着け、もしもの時のために包帯代わりにもなるストールも持って洞窟を出た。

夜の間に小雨が降ったのか、ぬかるんだ土にルカの足跡が残っている。ニーナはそれを辿って進んだ。

どうやら、道に出るために山を下ったらしい。

昨日ニーナがルカの手を引いて登ってきた獣道は、草が倒れているので分かりやすい。もし昨日侍従たちが追ってきていたらすぐに捕まっていたかもしれない。

ルカは昨日来た獣道を下り、細い村道に出ていた。そこからは足跡が多過ぎて見分けがつかなくなったが、靴底の形から見当をつけて追ってみると、山の中へ向かう太い道に続いていた。

こんなに良い道があったのか。もしかしてこれが、隣国へ続く山道だろうか。

もしそうだとしたら、ここを歩いて侍従たちに見つからなかったかが心配だ。

——ルカ様は何をしに行ったのかしら？

ルカには行かなければならない場所があった。そこに行った後に、話さないといけないことがあると言っていた。

ニーナの推測でしかないが、きっと彼は重大なことをしようとしているのだ。それが終わるまでは他人に話せないことだ。

そんなルカを止めることはできない。けれど、雨から守ることはできる。

ルカの邪魔をしたくないが、ルカを守りたいのだ。そう思い、何とか足を前に進める。

すると、ぽつり……と一粒の雨がニーナの頬に当たった。

「雨……」

降ってきてしまった。本降りになる前にルカと合流したい。

ニーナはマントを頭まで被り、急いで太い道に入った。——その直後。

「ルカ様が？」

後ろから侍従の声がした。慌てて木の陰に隠れると、木々の向こうから昨日の三人組が馬を引いて歩いてくるのが見えた。

「ええ。目撃証言がありました。先ほどこの道を歩いていたそうです」

エドガルドが道の先を指さす。

やはり、ルカはここを進んだのだ。

「昨日すでにこの村に来ていたことといい、随分《ずいぶん》行動が素早いな。我々に追いつかれる前に隣国へ入る気か」

「入られたら見つけるのは一苦労です。急いで追いかけましょう」

侍従が唸ると下男が焦ったように言った。

大変だ。彼らが追いかけていることを早くルカに知らせないと。

ニーナは彼らに見つからないように本道の脇の獣道を走り、しばらく行ったところで本道に合流した。

侍従たちが来ていないか後ろを確認しながら、懸命に走る。

「ルカ様……!!」

ルカは必ず戻ると言った。だからニーナを置いて隣国へ行こうとしているとは思わないけれど、実際に彼はここを通っているのだ。

ニーナはルカに彼らの存在を知らせるため、懸命に走り続けた。

❀　❀　❀

少し時間は遡《さかのぼ》り――。

ルカはニーナと離れ、隣国へと続く山道を歩いていた。

山道ではあるが、旅人が行き来できる程度には整備された道だ。しばらく進んでこの山道から脇道に入ると、切り立った崖《がけ》があるそうだ。

山道の向こう側に見えるその崖は、その下が流れの速い川になっていて危険な場所らしい。そこは、最短距離で隣国に行きたいという人がたまに通る道だという。とは言っても、わざわざ危険な崖に向かう旅人はほとんどいない。

その崖を目指して、ルカは本道から細い脇道へ入った。

用事を済ませたらすぐにニーナのもとへ戻るつもりだ。

「……待っていろよ」

思わず口から出てきた言葉は、ルカの気合そのものだった。

人と愛し合うことに臆病になっているニーナに、愛されても大丈夫だと伝えるのだ。何度も何度も伝える覚悟はできている。

あんなに積極的に愛を伝えてきたくせに、いざルカが好きだと返すと困った顔をする。そんなニーナに腹を立ててきついことを言ってしまったが、放ってはおけなかった。

ルカが死んでしまうのが嫌だと泣く彼女が愛しくてたまらない。

いつも鬱陶しいくらいに前のめりのくせに、いざとなると弱くなる。そんなニーナをこの腕の中に閉じ込めて守ってやりたいと思うのは、彼女のことが好きだからだ。他の女に同じことをされても、冷めた目で見ているだけだと断言できる。他の女はニーナではないからだ。

　ニーナが初めて屋敷に来た時には、まさか自分がこんなふうに変わってしまうとは夢にも思っていなかった。彼女と接するようになって、彼女が世話を焼いてくれるようになって、ルカの世界は変わったのだ。

　ニーナに初めて会った時、手すりに足をかけていたのは、別に死のうと思ったわけではない。このまま屋敷を抜け出せたらいいのに……と思っていたら、無意識に体が手すりに乗り上げていただけだ。

　それだけ追い詰められていたということだろう。

　物心ついた時から、ルカは離れに閉じ込められていた。監禁されていたわけではないが、部屋から出たところを父に見つかると折檻されるので、じっと閉じこもっていたのだ。

　そうやっておとなしくしていても、父の機嫌が悪い時は暴力を振るわれる。

『お前なんて生まれてこなければ良かったんだ！　お前さえいなければ幸せなままでいられたのに！』

　何度そう繰り返されただろう。

　ルカさえいなければ、父は幸せになれたらしい。ルカは生まれてはいけない子だったのだ。

母も父と同じ気持ちなのだろう。彼女は離れに来ることはなかったし、弟の具合が悪くて代わりに連れて行かれたパーティーで顔を合わせても、汚いものでも見るかのような眼差しを向けられるだけで一言も喋りかけられることはなかった。

何度も何度も暴力を振るわれ、暴言を吐かれ、それが日常となり、ルカの心も痛覚も麻痺してしまった。体よりも先に心が死んでいった。自分は生きていてはいけないのだと刻みつけられながらも、死ぬ気力すら湧いてこなかった。

いくら殴られようが蹴られようが何も感じなくなったが、それでもやはりつらかったのだろう。敵しかいない屋敷の中で、ずっと孤独を抱えて生きてきたのだ。自覚はなかったが、つら過ぎて心を閉ざしただけで、心の底では毎日のように嘆き悲しんでいたのだと思う。

そんなある日、いつものように暴力を振るわれている時に、ニーナがルカの目の前に立ちはだかった。身を挺してルカを守ろうとしてくれたのだ。

ルカを止めようとするのも、ルカを守ろうとするのも、邪険にしても離れていかないのも、笑顔で世話を焼こうとするのも、ルカのことを知ろうとしてくれたのも、何もかもニーナが初めてだった。

それからニーナは何度か止めに入ってくれたが、その度に父の暴力が激しいものになった。そうなると何日間か寝込むほど怪我がひどくなるため、次第に彼女はじっと我慢をするようになった。ひどく苦しそうな顔で、ただひたすら耐えていた。暴力を振るわれているのはルカなのに、彼女のほうがもっとひどい暴力を受けているかのように見えた。

それからニーナは、怪我の手当てをする時も明るく振る舞うようになった。少しでもルカの気持ちを軽くするための気遣いなのだとすぐに分かった。

ルカの世話をしてくれる使用人たちはみんな、腫れ物に触れるように接してきた。けれどニーナは、ずかずかと無遠慮に懐に入ってきて図々しく居座った。最初は鬱陶しかったのに、次第に慣れてしまった。彼女が傍にいることが日常になり、不遇な自分を憐れむ気持ちが薄れていったのだ。

すると不思議なことに、感情が戻ってきた。この状況に負けまいとする心が、ルカの中で大きくなった。

どれだけ暴力を受けても肉体的にも精神的にも負けないためにこっそりと体を鍛え出したのはそれからだ。いつか屋敷から逃げ出すと決めたからである。

そう決心してからは、なるべく怪我が少なくなるように僅かに体を逸らして打撃の威力を殺すようになった。大きな怪我を負うとニーナが泣きそうになるからだ。

ニーナのために。そう思う自分に最初は戸惑いを感じたが、人のために何かをしたいなんて思ったことがなかったので、その新鮮な感情を楽しむことにした。

それからは、ただそこに居るだけという毎日ではなくなった。機械的に起きて活動して寝るという日常生活に、喜怒哀楽が加わった。

楽しいという感情もだが、戸惑い、気遣い、感謝、期待……と様々な感情を教えてくれたのはニーナだ。長年心が死んでいた自分の表情筋は残念ながらほとんど動こうとはしなかったが、それらをきちんと感じていたのだ。

自分はどれだけ彼女に救われただろうか。

一緒にいることが自然だと思う人間はニーナが初めてだったし、この先もきっと現れないだろうと思った。

そんなふうに思う理由が分からずにいたが、昨夜ニーナから聞いて納得した。

二人は似た者同士なのだ。

ただ傷を舐め合っているだけなのかもしれない。それでも、ニーナが愛しいという想いは確かにここにある。

この旅も本当は、逃亡が成功して隣国で落ち着いたらニーナを呼び寄せるつもりだった。だが、屋敷を出る時に彼女に見つかってしまった。一緒に行動するのは計画上問題があると分かっていながら、置いては行けなかった。

ルカはニーナに弱いのだ。つい手を差し伸べてしまうし、縋られたら本気で邪険にはできない。

ニーナは真っすぐに好意を伝えてくれていたが、それに応えず素っ気なく接していたのは、彼女の好意が自分にだけ向いているものではなかったからだ。

最近になって分かったことだが、彼女から自分に向けられる想いがその他大勢への〝好き〟と同じでは嫌なのだ。

――俺だけを見て、俺だけに向けてくれる想いでないと駄目だ。

こんなふうに思うのは、両親から与えられることのなかった愛をニーナから与えられたいからだろうか。

家族愛、庇護愛、友愛、親愛……。考えてみても、どれも当てはまらない。それでもただ愛しい。と思っていたのだが――。

昨日の朝、起きた時にニーナと繋いだ手を見て、タガが外れた。

愛し愛されたい。強くそう思ってしまった。

珍しく悪夢を見ることなくぐっすり眠れたのは彼女のおかげなのだと思ったら、その手を離したくなくなった。

やはり、ルカにとってニーナは必要不可欠な存在なのだ。

誰よりも愛して、誰よりも愛されたい。

そう自覚した途端、猛烈に欲に捕らわれた。

ただ、自分だけを愛してほしい。

その気持ちが無意識に言動に出てしまったらしく、ニーナには『やけに優しい』と警戒されたが、優しくしたい、甘やかしたいと思うのだから仕方ない。

同時に、ニーナの何もかもを自分のものにしたいとも思う。

でも、それは計画が成功してからだ。今はまだ危ない橋を渡っている状態なのだ。

何もかもがうまくいってから、改めてニーナに想いを伝えてもう一度求婚しよう。怖がって逃げてももう離しはしない。

決意を固めているうちに、目的地に着いた。

ルカは崖の縁に立ち、遥か下に小さく見える川を眺めた。ここから落ちたら、四肢がバラバラになってしまうだろう。

「あそこか……」

視線を移して向かい側の山を見ると、先ほどまで歩いていた本道が見えた。人の顔までは見えないが、数人の旅人がせかせかと先を急いでいるのは分かる。

本道からこの崖まで、さほど長く歩いていない。本道より上にあるので少し遠く見えるだけだ。

帰り道を考えるとありがたい。用事を済ませてなるべく早くニーナのもとへ戻ろう。

ルカは頭からすっぽりと被っていたマントを外した。すると、ふと視界の端に何かが映る。

「誰だ!?」

素早く身構えてそちらを見て、ルカは大きく目を見開いた。

白いシャツに茶色のズボン。長い金髪を後ろで一括りにした、整った顔立ちの男。

そこには、ニーナが言っていた『幽霊』が立っていた。

❀　❀　❀

ルカを捜して山道を走り出してからすぐ、ニーナの背後で鋭い声が上がった。

「あ、あれを見てください！」

エドガルドの声だ。ニーナははっと後ろを振り向く。馬を引いたエドガルドたちが、緩やかなカーブを描く道の中ほどに立ち止まってどこかを見ていた。

本降りになりつつある雨の山道を馬で駆けるのは危険だと判断したのだろう。だから、ニーナに追いつけなかったのだ。

彼らが何かに気を取られている間にさらに距離を空けておこうと、ニーナは走る速度を上げようとした。しかし。

「あれは、ルカ様じゃないか⁉」

侍従の言葉に、慌てて足を止める。

――ルカ様？

彼らのほうが先にルカを見つけたというのだろうか。

ニーナは木の陰に隠れながら、彼らが見ている方向に目をやった。すると、向かい側にある切り立った崖の上に人影が見えた。

雨で視界が悪いし遠目なので顔はよく分からないが、金色の髪をした人物が茶色の衣類を身に着けているようだ。

「あのマントは昨日彼が身に着けていたものですよ」

「ああ、そうだ。ルカ様のマントだ」

エドガルドと侍従の会話に、ニーナは眉をひそめる。

——あれが、ルカ様？

確かに、茶色のマントをしているように見える。しかも白に近い金髪だ。

もし本当にあれがルカなら、なぜあんなに危険な場所に立っているのだろうか。あそこで済ませる用事とはいったい何なのだろう。

崖の下がどうなっているのかここからでは分からないが、かなりの高さがありそうだ。落ちたら大変である。すぐにでもあちらに行って、ルカを安全な場所に連れて行きたい。

崖に続く道を探してキョロキョロとしていると、突如——。

「あ————!!」

悲鳴が上がった。とっさに崖に視線を戻し、ニーナは大きく目を見開く。

スローモーションのようにゆっくりと、茶色の物体が崖下へ吸い込まれていくのが見えた。ぱたぱたという音がここまで聞こえてきそうなほど、マントが大きくはためいている。

「……え？」

ルカが、崖から落ちたのだ。

そう理解するのに、しばらく時間がかかった。

「ルカ様っ!!」

理解した途端、ニーナはルカが落ちた崖下へ向かって駆け出した。

「ルカ様!!　ルカ様!!」

名前を呼びながら、背の高い草を分け入って獣道を進む。

ルカが落ちたのは、本道のあるこの山と切り立った崖の間だ。ということは、ここから崖に向かって真っすぐに進めば、どこからかルカと同じように落ちることができるはずだ。

早く……早く……!!

「待て！」

足場の悪い下り坂で滑りそうになった時、誰かに腕を摑まれた。

けれどその人物はルカではない。それだけは分かった。

「嫌っ！　ルカ様のところへ行かせて!!」

このまま遥か下まで滑り下りればルカのもとへ行けるかもしれない。

「駄目だ！　死ぬ気か！」

ニーナの腕を摑む力が強くなった。崖下に行きたいのに一歩も先に進めない。

どうして邪魔をするのだろう。あそこへ行かなければならないのに。ルカがいるところへ逝かなければいけないのに。

「放して！　ルカ様!!　ルカ様!!」

力任せにぶんぶんと腕を振り、自分でもわけが分からないほどに暴れた。それでも拘束は解けず、ニーナはこの場から離れられなかった。

「どうして!?　私にはもう何もないのに!!　ルカ様がいないなら、もう生きていたくない!!」

絶叫に紛れて誰かの声が聞こえたが、ニーナの脳はそれをルカの声ではないと認識するだけで、言葉として理解しなかった。誰かが自分を引き留めている。それが邪魔で邪魔で仕方がなかった。

「ルカ様!!」

ただ、ルカに会いたい。それだけなのになぜ叶わないのか。なぜあそこに行けないのか。

——ルカ様……ルカ様……!!

ニーナの頭の中は、その名前だけで埋め尽くされていた。もうそれ以外のことは考えられなかった。

ニーナの手が、何かを引っ掻いた。その途端、拘束が僅かに緩む。

すぐさまニーナは全身で障害物を突き飛ばした。そして全速力で駆ける。

眼下に川が小さく見えた。あそこに向かって飛び降りればいい。ここからならできそうだ。

「ルカ様、今お傍に……!!」

川に向かって手を伸ばして地面を蹴る。そうすればルカがこの手を掴んでくれるような気がした。

けれど、ニーナの体は宙に浮かなかった。

「すまん！」

耳元で誰かが叫んだと思った次の瞬間、鳩尾《みぞおち》に衝撃を感じた。そこでニーナの意識は途絶えたのだった。

六章

村にある宿の一室で、ニーナははらはらと涙を流していた。

なぜか不思議と、ルカが崖から落ちたのも、もう二度と会えないことも理解して目を覚ました。その時点ですでに涙が頬を濡らしていた。

「ルカ様……」

呟くのはルカの名前だけだ。

愛されることが怖かった。こうなると分かっていたから。

けれど、こうなると分かっていたからこそ、もっと素直になれば良かった。臆病になって、彼の気持ちを正面から受け止めることができなかった。

何度後悔すれば学習するのだろう。

いつも後悔するくせに、人と真剣に向き合うことができない。

ルカは真剣に告白してくれたのに、失《な》くすのが怖くて本当の気持ちを伝えられなかった。ルカが好きだ。

無愛想でぶっきら棒で不器用で、でも優しいルカが好きなのだ。

――好きです、ルカ様。

ちゃんと心を込めてそう言えば良かった。

性格も容姿も、挙げ始めればきりがないほど、たくさん好きなところがある。

きっとルカ本人よりも詳しく彼の特徴を述べることができるだろう。それだけルカを見てきたのだ。

出会ってまだ二年ほどだが、ニーナの中では両親や幼馴染みよりもルカの存在のほうが大きい。屋敷を出てからは、さらに大きくなった。

それなのに――。

やはりニーナは疫病神だったのだ。ルカはニーナが人の運命を左右できる神ではないから、自分は死なないと言った。それなのに崖から落ちたということは、ニーナは疫病神というよりも悪魔だと言ったほうがいいかもしれない。

自分を愛してくれた人は皆、ニーナの目の前で死ぬ。死なないと言っていたルカも死んだ。

泣いても泣いても、涙はいっこうに尽きなかった。

両親や幼馴染みを看取った後も同じように泣いたが、しまいには頭が痛くなって瞼が鉛のように重くなり、気づいた時には疲れて眠ってしまっていた。けれど今は眠れそうにない。

ひどく疲れているのに、目を閉じることができない。あの時のような頭痛もしない。感覚が麻痺しているらしい。

ルカが好きだ。どうしようもなく好きなのだ。

絶対に自分を好きにならないと思っていたルカが「好きだ」と言ってくれた。奇跡のような出来事だった。それなのに、ニーナは自分のことしか考えていなくて彼を傷つけた。いつもそうだ。ルカを屋敷から連れ出せなかったのも、結局自分を守るためだった。告白してくれた彼の気持ちも踏みにじった。

ニーナは自分を守ることしか考えていないどうしようもない人間だ。こんな自分が大嫌いだった。

「……ルカ様、ごめんなさい……」

好きになってごめんなさい。

素直になれなくてごめんなさい。

自分のことしか考えていなくてごめんなさい。

様々な『ごめんなさい』が頭の中をぐるぐると駆け巡る。今更謝っても遅いのに。もうルカには届かないのに……。

「ごめんなさい……」

意味がないと分かっていても、言わずにはいられなかった。

大粒の涙が頬を伝って流れ落ちる度に、薄緑色のストールが濃い色に染まっていく。ぼんやりとそれを眺めていたら、ふとヴィオラの顔が頭に浮かんだ。

もし今ここにヴィオラがいたら、優しく抱き締めてくれただろうかとちらりと思う。

「ヴィオラ……」

無意識に名前を呼んでいた。すると微かに布擦れの音がして、ニーナは重い頭をのろのろと上げた。

その時になってようやく、エドガルドに見張られていたことを思い出した。

ドア付近の壁に背を凭れている彼は、ベッドの上で泣き続けるニーナを静かに見ていた。

この宿で目を覚ました時からエドガルドはあの場所にいた。彼は、ニーナのびしょ濡れの服を宿の店主夫人が着替えさせてくれたと言った後は一言も喋らない。

ルカの後を追おうと崖下に向かっていたニーナを止めたのは彼だったのだろう。あのまま放っておいてくれればよかったのに。

いつもは目が合うとにっこりと微笑むのに、今は無表情で何を考えているのか分からない。

これがエドガルドの本性なのだろうか。ルカのところに来ていた時は、人の好い人間を演じていたとでもいうのか。

なぜ自分が監視されているのかは分からない。もしかしたら、ルカを逃がした罪人として男爵に差し出されるのかもしれないが、身寄りもなく無一文になってしまったニーナには賠償金すら払えない。

――もう、どうでもいい。

エドガルドがなぜここにいるのかも、自分がこれからどうなるのかも、もう本当にどうでもよかった。

ベッドからは窓の外が見える。正面の家の屋根が目の前に見える程度の高さなので、ここは二階なのだろう。

この高さから落ちても死ぬことはできない。もっと高ければ、ルカに会えただろうか。そう漠然と思ってから、ニーナははっとした。

――ルカ様のもとに行きたい。

一度考えたら、頭の中はそれ一色になった。崖下に行けばきっとルカに会える。

――こんなところでじっとなんてしていられない。早くルカ様のもとへ行かなくちゃ。けれど、ドア近くにはエドガルドがいる。もし彼がニーナを逃がさないように監視をしているのなら、おとなしくドアを開けさせてはくれないだろう。彼は侍従たちの仲間なのだから、お願いをしても言うことを聞いてくれるとは思えない。

となると、ここから逃げ出すには、窓から飛び降りるかエドガルドのいるドアを突破するかの二択だ。

体格の良いエドガルド相手に力で敵うとは思っていない。彼に勝てるところはどこだろうかと考えても、いっこうに答えは浮かばなかった。

運良く廊下に出られても侍従か下男に見つかる可能性があるが、エドガルドに比べればあの二人相手のほうが楽だ。彼らは足もあまり速くないから昨日も逃げ切れた。

やはり、エドガルドをどうするかが問題だ。

ニーナはそっと、エドガルドとドアの距離を目測してみた。……近い。

そうなると、窓しかないか。

窓はニーナの近くにあるが、あの窓を開けて飛び降りるまでにエドガルドに拘束されてしまうだろう。

どうすれば……と頭を悩ませていると、コンコンとノックの音がした。

「エドガルド殿、少しいいですか？」

侍従の声がドアの向こう側から聞こえてくる。

エドガルドはニーナから視線を外すと、素早く移動してわずかにドアを開けた。

ぼそぼそとした話し声が聞こえたと思ったら、エドガルドはちらりとこちらを見てからドアの向こう側に消えた。

今がチャンスだ。

ニーナは勢いよくベッドから下りると、乱暴に窓を開ける。比較的大きな窓なので、余裕で外に出られそうだ。

ニーナは窓枠に足をかけると、下を覗き込んだ。

この部屋は裏通りに面しているらしく、細い道があるだけで人も歩いていない。

ここからあの崖まではどのくらいかかるだろうか。まだ外は明るいが今は何時だろう。暗くなるまでにたどり着ければいい。

体重を窓枠にのせた刹那、ドアの開く音がした。着地地点を確認している間に、侍従の用事が済んでしまったらしい。

「ルカ様……」

呟いて、ニーナは急いで飛び降りた。ふわりとした浮遊感は一瞬で、あとは吸い寄せられるように地面に近づくだけだ。

着地がうまくできなくてもいい。二階から飛び降りたくらいでは骨を折ることはないだろう。きっと足がじんじんと痛むだけだ。

すぐにくるであろう痛みを覚悟したニーナは、直後、どさりと何かの上にのったような衝撃を感じた。

暖かいものに包まれている。それだけは分かったが、いったい自分に何が起きているのかは分からなかった。飛び降りたのは地面のはずなのに、足にも尻にも痛みはない。

「君は一人でも落ちるんだな」

突如、耳元で声がした。脳にじんわりと響く甘い声だ。

いつの間にか閉じていた目をぱっと開くと、榛色と黄緑色の瞳が間近にあった。ニーナの大好きな瞳だ。

「ル……!!」

最後まで言えなかった。

唇が柔らかいもので塞がれ、「静かに」と囁かれる。自分が今見ているものが到底信じられなくて茫然としている間に、体がふわりと浮き上がった。

飛び降りた時とは違う浮遊感がしたと思ったら、風が頬を撫でた。茫然自失のままだったが、景色が変わっていくのはなんとなく分かった。

気がついたら、先ほどとは違う宿らしき部屋にいた。狭い部屋に小さなベッドがあるだけの部屋だ。

「君がエドガルドに連れて行かれたのを見て、ずっとあの宿を見張っていた」

ベッドにニーナを下ろし、自分もその隣に座りながら彼は言った。瞬きをしたら消えてしまう気がして、目を大きく開いてニーナはじっと彼を見つめる。

「俺は死なないって言っただろう」

楽器のように心地好い声が優しく囁いた。もう二度と聞けないと思っていた声が、ニーナの脳内にじわりと浸透していく。

「ルカ様……？」

今度は遮られることなく、名前を呼ぶことができた。

「ああ」

ルカはそっとニーナの手を握ると、しっかりと頷いた。

「本当にルカ様……？」

信じられずに何度も同じ質問をしてしまうが、ルカは大きく頷いてくれた。

「ああ。俺はちゃんと生きてここにいる」

生きて、ここにいる。

洞窟から出て行った時と替わらないシャツとズボン姿だ。唯一違うのは、茶色のマントをしていないというところだけ。

白金の長い前髪から覗く榛色と黄緑色の瞳がニーナを見つめている。これは、ルカの瞳だ。

大きくて温かな手がニーナの手を包み込んでくれている。指が細くて長いルカの手だ。

少し顔を近づけると、逞しい胸板に頬がつきそうになる。僅かな汗の匂いに混ざって、ほんのりと甘い独特の香りがした。

――ルカ様の匂いだ。

死んでいなかった。ルカは生きていたのだ。

「ルカ様！」

ニーナはルカの胸に全身で飛び込んだ。勢いがつき過ぎて、そのままベッドに彼を押し倒してしまう。

「ニーナ」

ルカが名前を呼んでくれた。

「ルカ様！　ルカ様！　ルカ様!!」

何度も名前を呼ぶと、握っていた手を放し、両腕でしっかりと抱き締めてくれる。

「ごめん。泣かせてごめん」

言われて初めて、自分が号泣していることに気がついた。ずっと泣き続けていたせいで感覚がおかしくなっているのかもしれない。

けれど、先ほどまでとは違い、今は嬉し涙だ。

全身にルカの体温を感じながらニーナは泣いた。

大量に流れ出る涙がルカのシャツに吸い込まれていく。肌に濡れたシャツが張りついて気持ちが悪いはずなのに、彼は抱き締める腕を緩めず、優しくニーナの背を撫でてくれていた。

名前を呼べば返事をしながら、ニーナの涙が完全に止まるまでルカは辛抱強く待ち続けてくれた。

ルカの温もりに包まれ、確かに刻まれる鼓動を聞いていたら、自然に涙は止まった。

それからはひたすらにルカの匂いを嗅《か》ぎ、体温を感じ、力強さにうっとりとしていたのだが、気分が落ち着いたら今の状況がまずいことに気がつき、ニーナはぱっと顔を上げた。

そして、恐る恐る窓の外に目をやる。

「あの、もしかしたら彼らが私のことを捜しているかも……」

エドガルドや侍従たちがニーナのことを捜しているかもしれない。そう思ったら、落ち着かない気分になった。

せっかくルカに会えたが、ニーナのせいでルカまで見つかったら大変だ。

ニーナは、宿で目を覚ましてからエドガルドに監視されていたこと、隙を見て飛び降りたことをルカに話す。

早くどこかに身を隠さなければ、ルカが死んだと思っている彼らに本当は生きていることを知られてしまう。

「それは大丈夫だ。エドガルドがうまく誤魔化してくれるはずだから」

焦るニーナを腕に抱えながら身を起こしたルカは、落ち着いた様子で言った。

「え？」

エドガルドが誤魔化してくれる？

その言葉が理解できず、ニーナは眉間にしわを寄せる。

「どういうことですか？」

窓からルカに視線を戻すと、彼はニーナを自分の膝の上に座らせてから答えた。

「エドガルドが君を監視していたのは、後追いを防ぐためだろう。さっき、俺が君を受け止めるのを彼は見ていた。だからもう追いかけては来ないさ。それに、侍従たちは君に財産がないのは知っているから、君がどうなろうが関係ないと思っているはずだ」

「ちょっと待ってください……」

ニーナは額に手を当て、ルカの言葉を整理しようと目を瞑った。

「ええと……私の勘違いでなければ、エドガルド様は敵ではなく味方だということですか？　侍従たちと一緒にルカ様を捕まえに来たのに？」

「ああ。味方だ」

ルカはあっさりと肯定した。

「……もしかしてエドガルド様は、ルカ様が生きていることを知っていたということですか？」

「ああ。崖から落ちたことにする計画はエドガルドが立てたものだからな」

またしても易々と肯定されて、ニーナはかっと目を開いた。

崖から落ちたことにする計画とは何なのか、それをなぜエドガルドが計画したのか等々、訊きたいことはたくさんある。しかし何よりも。

「ルカ様が生きていると知っていたなら、教えてくれればよかったのに……!!」

ニーナは拳を握り締め、エドガルドに対する怒りを爆発させた。

彼は、ニーナがルカを想ってさめざめと泣いているのをただ見ていただけだ。何も言わず、無表情で眺めていただけなのだ。

怒りでぶるぶると震えるニーナの拳を、ルカがそっと両手で包み込む。

「あいつは慎重だから、念には念を入れたんだろう。君が本気で悲しんでいてくれれば、俺の死の信憑性《しんぴょうせい》が高まる」

「……私は利用されたのですね」

侍従たちを騙《だま》すために、エドガルドはニーナを利用したということだ。敵を欺《あざむ》くにはまず味方からとは言うが、エドガルドが味方だなんて知らなかったから腹が立つ。

「結果的にはな。……そもそも、君が洞窟でおとなしくしていればそんなことにはならなかったんだが」

言われてみれば確かにそうだ。ニーナがもし洞窟から離れずにいれば、ルカが崖から落ちるところを見ることもなく、絶望に打ちひしがれることもなかったのだ。

けれど、洞窟を出たのにも理由はあるわけで。

「それは、雨が降りそうだったからルカ様が危険だと思って……」

捜しに行ったのです……と、ニーナはしゅんと肩を落とす。するとルカは、ニーナの手の甲をよしよしと撫でてくれた。

「そういう理由だと思っていた。ありがとう。……悲しませてすまない」

口角を僅かに上げて微笑んだ後、そのまま困ったように眉尻を下げたルカに、ニーナはぶんぶんと大きく首を横に振る。

「すっごく悲しかったですけど……いいのです。ルカ様が生きて目の前にいるのですから。それだけで私は……」

再び涙が零れ落ちそうになったが、ぐっと口を引き結んで耐えた。悲しい涙も嬉しい涙ももうたくさん流した。これ以上、涙は必要ない。

ニーナは気持ちを切り替えると、ルカの膝から降りて、向かい合うようにしてベッドの上に座り直した。そしてきりっと表情を引き締めて彼を見る。

「それはそうと、ルカ様は本当は崖から落ちていなかったということですよね？　落ちたのは誰だったのですか？　エドガルド様が立てた計画というのはいったい何なのですか？わけが分からないので、一から全部説明してください」

ニーナにつられるように、ルカも表情を改めて頷いた。

「そうだな。……まず、この計画の内容を説明する前に話しておかなければならないことがある」

よほど大事な話なのだろう。ルカの口調が慎重になる。ニーナはごくりと唾を呑み込み、彼の言葉を待った。

「俺が父の子供ではないという話をしただろう？」

「はい」

ルカは男爵の子供ではないということは昨夜聞いた。それ以上のことは教えてくれなかったが、もしかして本当の父親が誰かを話してくれるのだろうか。

期待を込めてぎゅっと服を握ると、ルカは硬い表情で口を開いた。

「俺の本当の父親は、王弟アルフォンスだ」

「………はい？」

想像もしていなかった人物の名に、ニーナは首を傾げる。

荒くれ者や落ちぶれた貴族など、男爵よりお金のない男性を想像していたのに、まさか王弟とは。

「王弟って……あの、お金持ちですよね？」

首を傾げたまま問うと、ルカはなぜか渋い顔をした。

「ああ。かなりの金持ちだな」

「奥様は、お金目当てで男爵と結婚したのですよね？」

「ああ。その通りだ」

「……王弟のほうがお金を持っているのになぜでしょう？」

「母は恋人が王弟だと知らなかったからだ」

ルカはあっさりと答えた。そしてすぐにその理由を教えてくれる。

「王弟は昔から放蕩癖《ほうとう》のある人で、身分を隠して遊び歩いていたそうだ。その時に出会ったのが俺の母で、恋人関係になったが母は王弟を捨てて男爵と結婚した、ということらしい」

「その話はどうやって知ったのですか？」

ルカは母親と話す機会なんてほとんどなかったはずだ。彼女はルカに会いに来ることはなく、次男のフランソワばかりを可愛がっていた。

「王弟から……正確には、エドガルド経由で王弟から聞いた話だ。この出生の秘密は、王弟とエドガルドと俺、そして君しか知らない。母も元恋人が王弟だとまだ気がついていないようだ。王弟は公の場にもほとんど姿を現さずに遊びほうけていたからな」

またしても予想外のことを聞いた。まさかそこでエドガルドの名前が出てくるとは思わなかった。

「エドガルド様経由で、ということは、エドガルド様は王弟の側近なのですか？」

「側近というか、王弟のお気に入りだから手足のように使われているだけだな。本職は平の警備兵だ。以前街中で王弟だと知らずに助けたことが気に入られるきっかけだったそうだ。……人使いが荒過ぎるから、助けなければよかったと後悔していたな」

次々に明かされる事実に、ニーナはもう驚くことをやめた。冷静に頭の中で内容を整理する。

ルカの本当の父親は王弟で、それを知っているのは王弟本人と、その部下であるエドガルドと、ルカとニーナだけ。……これは非常に重大な機密である。

「エドガルド様がルカ様に会いに来ていたのは、そういう話をするためだったのですね」

ある日突然やってきたエドガルドがルカの友人だと名乗ったのはそういうわけだったのか。

友人なら、二人きりで部屋にこもっても怪しまれることはない。けれど、ルカに友人ができたということ自体が珍しすぎて、使用人たちの間に激震が走ったが。

「ああ。滅多に人が来なくて使用人も少ないから、内緒話をするには絶好の場所だろう。計画の話もスムーズに進んだ」

「確かに。ルカ様の部屋なら、聞き耳を立てる侍従もいませんしね」

これが本邸だったら、話した内容があっという間に使用人たちに知られることになるだろう。

「計画の一部として、マダムに俺を身売りする話をそれとなく父に勧めたのはエドガルドだ。父はエドガルドのことをマダムの侍従だと勘違いしていたようで、彼が俺のところに通っているのは、マダムのもとへ行くように説得していると思っていたらしい」

男爵のことは憎々しく思っていたが、彼が浅はかだったからルカとエドガルドが内密の話ができていたのだと思うとほんの少し胸がすく。

それからルカは、表情を変えることなくすべてを話してくれた。

始まりは、三か月ほど前だったらしい。

ルカが、弟のフランソワの代わりにパーティーに出た時だった。挨拶を終えて庭に出たところで何かに躓き、男の上に倒れ込んだ。その時、男の瞳の色が左右微妙に違うことに気がついた。男も彼の瞳の色に気がついて顔色を変えた。

ルカと同じ瞳の色を持ったその男が王弟だった。

王弟はルカの名前を聞いただけで去ったが、後日、エドガルドが屋敷にやってきた。

そしてルカは自分が王弟の子供だと知る。王弟自身も、自分に子供がいたことをそれまで知らなかったらしい。

あまり世間では知られていないが、王弟の瞳の色は王族に稀に出る色らしい。今王族でこの色を持っているのは王弟だけなのだという。

ルカの瞳が、王弟の子供であり王族である証、ということだ。

そしてその瞳こそが、王弟が放蕩を重ねる原因であるらしい。

城の中枢にいる人間の中に、『王族の証』を崇拝する輩が少数ながら存在するのだ。現王が玉座に就く前にも、王は『王族の証』を持つ者であるべきだと内部で揉めたようで、王になる気などなかった王弟は、自分は無能だと印象づけるために遊びほうけていた、ということだった。

王にはまだ幼い娘しかいないし、王弟には正式な子供はいない。それなのにもし『王族の証』を持った王弟の息子が出て行ったら、当然再び問題が起こる。それはどうしても避けたい。だから王弟は、ルカが自分の子供だと他の誰かにバレる前に、ルカを他の国に隠そうと計画した。

エドガルドの甘言に乗せられた男爵がルカをマダムに売ろうとしたため、それが嫌で屋敷を出たという体《てい》でルカは逃亡。そしてその途中、追手から逃げるために隣国へと急ぐあまりに事故であの崖から落ちて死んだことにする計画だった。

つまり、エドガルドが侍従たちを誘導して崖が見える場所まで来た時に、エドガルドの用意していた案山子《かかし》にマントとひもをつけてルカが木の陰から落とし、ルカが落ちたと勘違いさせる。谷底には落ちる以外に行く方法はなく、ルカの遺体確認に行ける者もいないのが好都合だったため、あの場所が選ばれたというわけだ。

そして、侍従たちがルカが死んだと思い込んで屋敷に戻ってから、ルカは安全なルートで隣国へ向かい、エドガルドが用意した家と名前で生きていくという手筈だったらしい。

馬と衣類と食料もエドガルドが用意してくれたものだった。

それと、屋敷を出て最初に休憩した大木近くの聖堂は、王弟のお薦めの休憩場所だと聞いていたので、好奇心で寄ってみようと思ったそうだ。綺麗なシーツがあったのも、食料があったのも、王弟が隠れ家としてまだあそこを使うことがあるかららしい。もしかしたら、本当に他の人間が逢引の場所として使っている可能性もあるとルカは言う。

ルカは淡々と話してくれたが、エドガルドと計画の話をしている間の心中は複雑だったのではないだろうか。

本当の父親が王弟だったことも衝撃だっただろうし、そもそも今回の計画だって、王弟がルカの存在を消そうとして立てたものである。

ルカは自由になるが、彼の意志なんて最初から考慮されてはいないのだろう。一方的に計画を押しつけられ、それを実行しなければならないなんてひどい。

被害者のルカに言っても仕方がないことは分かっているので、ニーナは違う話題を口にした。

「崖から落ちたのは、案山子だったのですね」

あの時、ルカが落ちたと思って心臓が止まりかけたが、まさか案山子だったとは。雨で視界が悪かったのも幸いし、侍従たちをまんまと騙せたというわけだ。

「ああ。案山子だとは分からない出来だったよな。エドガルドは器用だ」

「はい。ルカ様が落ちたのだとばかり……。今だから言えますけど、計画がうまくいって良かったですね」

うまくいかなければ、ルカは自由になれなかった。そう思うと、騙されたことも悪くなかったと思う。

「予定外だったのは君の存在だ。まさかついてくるとは思わなかったから、こそこそと計画を進めるのが大変だった」

ルカが困ったように言うのを聞いて、すべてを知ったニーナは「確かに……」と唸った。

「村の中心部で侍従たちに見つかってしまいましたしね……」

あれは本当に足手まといだったということだ。あんな場所で彼らに捕まったら、計画がすべてぶち壊しになってしまう。

「ああ。洞窟に泊まるのも予定外だった。だが、夜が明けないうちにエドガルドと落ち合って、崖の方向の確認や計画の再確認をしていたんだ。彼と最終確認をする予定を立てておいたから良かったよ」

「私が寝ている間にそんなことを……。足手まといですみません」

侍従たちに捕まらずに洞窟に逃げられて良かった。自分のせいで計画が失敗していたらと思うと、胃がきりきりと痛くなる。

落ち込むニーナの頭をルカはぽんぽんと叩いた。

「いや。最終的に計画は成功したから問題ない。この宿にも、もともと泊まる予定だったんだ。ここは、遠回りだけど快適に隣国へ向かえる道の途中だ。俺が崖から落ちたと侍従たちに思い込ませた後、ここから悠々と隣国へ向かうつもりだった」

悠々と……とルカの言葉を繰り返してから、ニーナははっと思い当たった。

「その計画を教えてくれれば、私も足を引っ張らなかったのに。どうして最初に教えてくれなかったのですか？」

責めるような口調になってしまったが、もし計画を知っていれば協力だってできたかもしれない。そう思うと言わずにはいられなかった。

するとルカは、小さく息を吐き出した。

「そうしたいのは山々だったが、今後の生活の保障をしてもらう代わりに、この計画が成功するまで誰にも話してはいけないと言われていたんだ」

「……だったら、今私に話して良かったのですか？」

契約をしているなら、ニーナにも話してはいけないのではないか。計画が本当に成功したかどうかはまだわからないし、王弟の隠し子の話なんて国を揺るがす大問題だ。

「侍従たちは俺が死んだと思っている。エドガルドに言われて男爵家へ報告に向かっているはずだ。つまり計画は成功したということだ。だから、君に話してもいいと判断した。

この部屋の両隣には人がいないことは確認済みだから安心していい。王弟とエドガルドを除けば、これは俺と君だけの秘密になる」

「二人だけの秘密……」

甘美な響きだ。秘密の内容があまりにも重過ぎるのが難点だが……。

嬉しさと困惑で頬が引き攣ってしまったニーナに、ルカは口の端を大きく上げて笑った。今までで一番の笑顔だ。

「これで君は俺から離れられなくなったな」

「え？」

ルカの口から飛び出した言葉とは思えずに目を瞠っていると、彼はずいっと顔を近づけてきた。

「ニーナ、俺が好きか？」

その質問にはすぐに頷ける。ニーナはきゅっと表情を引き締めると、力強く言った。

「大好きです。だから、もう二度といなくならないでください」

二度と後悔はしたくない。想いは素直に口にしていきたいと思った。

何があろうと、これからはルカの傍を離れないと決意したのだ。鬱陶しがられても、絶対に食らいついてやる。

万が一ルカが死ぬようなことがあったら、今度は間髪を容れずに後を追うと決めた。絶望に苛まれるあんな思いはもうしたくない。

「もう二度と置いて行かない。ずっと君と一緒にいる」

ニーナの決意を分かっているかのように、ルカは何かを覚悟した表情で頷いた。そして両手を大きく広げ、優しくニーナを抱き締めてくれる。

「好きだよ、ニーナ。君がいないと俺は駄目になる」

耳元で囁かれた言葉は、ニーナの心に重く響いた。

ニーナも同じ気持ちだった。ルカがいないとニーナは空っぽになる。泣いて泣いて、ルカの後を追おうとするのはすでに経験済みだ。

もう身を引くことなんて考えられなかった。誰にもルカを渡したくない。

「ルカ様、私は二度とルカ様のお傍を離れません。一生ルカ様にまとわりつきますから」

もっと可愛い言い方はないのかと自分でも思ったが、これがニーナの本心なのだから仕方がない。

もしルカの気が変わったとしても、絶対に離れるつもりはない。別の女性が彼の隣に立とうとしたら追いやってやるのだ。

そしてもしルカが別の女性と暮らすようになったら、そこに一緒に住んでやると思うくらいに本気である。ニーナの気持ちがそれだけ固まっているので、ルカには諦めてもらうしかない。

本気になったニーナは、ルカが思っているより数十倍も重いのだ。

「後悔しないでくださいね」

されても引く気はないが。という思いを込めて言うと、ルカが頷く気配がした。

「しない」

きっぱりとした口調で断言してくれたが、その気持ちが変わらないことを祈るしかない。

ルカは少しだけ体を離し、ニーナと目を合わせた。そしてゆっくりと顔を近づけてくる。

目を閉じたニーナの唇に、ふわりと柔らかいものが触れた。すぐに離れたそれが再び触れる。唇も吐息も温かい。

ルカとまたこうして触れ合えることが嬉しくて、ニーナの口は笑みの形になった。

お互いに愛を告白し合ってからの触れ合いは、これまでとは少し違う気がする。気恥ずかしいけれど、とても満たされた気分だ。

何度か優しい口づけを繰り返してから、吐息がかかる距離でルカが動きを止めたのが分かった。何事かと目を開けると、彼が真剣な眼差しでニーナを見ていた。

「君こそ、後悔しないように」

眼差しと同じ真剣な声でルカは言った。少し怖いくらいの低音だ。

「するわけないです」

むっとして唇を尖らせると、ルカはふっと目元を緩め、突き出た唇をぺろりと舐めた。

張り詰めた空気を溶かすような優しい笑みに、ニーナもつられて微笑んでしまう。

「この先、どんな生活になるか分からないが、君となら笑って過ごせそうだ」

しみじみとした口調でルカは言った。

弟の代わりでパーティーに出席する以外に屋敷を出たことがないであろうルカが、他の地で生活しようとしているのだ。不安がないわけはない。

ニーナは自分の胸をどんっと叩いた。

「お任せください！　ルカ様に不自由はさせません！　一生、私が養って差し上げます！　それに、必ず毎日一回は大笑いさせてみせますから！」

そして、毎日『大好き』と伝えよう。人間はいつどうなるか分からないから、後悔しないように常に気持ちを口に出していくのだ。

「ああ。楽しみにしている。……こんなふうに未来に希望を持てるなんて思っていなかったから、不思議な気分だ」

どこか困ったような、でも嬉しそうな表情でルカは少しだけ顔を伏せた。

ニーナも楽しみだ。自分が一緒にいるだけでルカの助けになる。そう思うと、未来に夢も希望もなく生きてきた自分でも価値があるのだと自信が持てた。

これからは、『自分なんか』と思わずに生きていけるのだ。身を引く人生ではないのだ。

素直に自分の気持ちを口にして、嘘偽りなく全身でルカに好意を伝えていいのだ。

まるで、新しい自分に生まれ変わった気分だった。

「私、ルカ様に会えて本当に幸せです」

素直な気持ちを口にすると、ルカが顔を上げてニーナを見た。綺麗で幸せそうな笑みを湛えている。

「俺も。生きようと思えたのは君のおかげだ」

ありがとう……と囁きながら、ルカはニーナを引き寄せた。再び唇が重なったが、今度は愛撫のような口づけだった。

触れるだけでなく、下唇を挟まれてちゅっと吸われる。ちゅ……ちゅ……と何度も吸われて体の力が抜けてきた頃に、唇の隙間からルカの舌が入り込んできた。

するりと口腔に侵入した舌が、ニーナの舌をつついてくる。

おずおずと舌を差し出すと、表面同士がざらりと擦れ合った。どうしていいのか分からずに動きを止めてしまったが、ルカがニーナの舌を奥へ押すように舐めてくるので、負けじとニーナも押し返した。

ぐるぐると回るように舌同士が擦れ合い、熱く絡みつく。

ルカの舌の動きに気を取られている間に、シャツの紐が解かれていた。気づけば借り物の大きめのシャツが肩から落ちそうになっていて、思わず目を開けると、熱く潤んだルカの瞳が間近にあった。

唇がほんの僅か離れ、ルカが自分のシャツのボタンを素早く外して脱ぎ捨てた。そしてニーナのシャツを肩から落とし、器用に下着も脱がせる。

上半身裸になった二人は、お互いの体に視線を落とした。

ルカの体には、痛々しい痣《あざ》や傷痕が残っていた。男爵に暴力を振るわれた痕である。脇腹や肩にそれは集中していて、ミミズ腫れのようになっているものもあれば、黒く変色しているものもある。

ニーナはルカの肩にある数センチの盛り上がった傷痕をそっと撫でた。それは、初めて男爵の暴力を目の当たりにしたニーナがルカを庇った時についた傷だ。

医者を呼べなかったことが悔やまれる。傷薬となる薬草は持っていたが、専門的な治療ができなかったせいで割れた花瓶の破片でできた傷が残ってしまった。ニーナは今でも、この傷は自分のせいでできたものだと後悔している。

傷痕を撫でるニーナの手にルカの手が重なった。視線を上げると、彼は優しく目を細めた。

「傷つけてごめん」

何を言うのだろう。謝るのはニーナのほうだ。

慌てて口を開こうとすると、重ねた手を握って肩から降ろしながらルカが小さく首を振った。

「あの時、庇ってくれて嬉しかった。その後も……我慢するのはつらかっただろう？　だから、ごめん。それと、ありがとう」

労るような口調に、ニーナはぐっと言葉を呑み込んだ。そしてただ頷く。

それに満足したように、ルカはニーナに軽く口づけた。そのままゆっくりとベッドの上に押し倒される。

上半身だけとはいえ裸になったせいで、ルカの素肌の感触をじかに感じた。彼の硬くひんやりとした胸板がニーナの二つの膨らみを押し潰す。

人と素肌を合わせるなんて初めてなので比べることはできないけれど、ルカの肌はなめらかでとても心地好い。このままずっと触れ合わせたままでいたいくらいだ。

素肌の感触にうっとりとしていると、ルカの顔が首筋に下りた。耳の下から鎖骨にかけて食むように口づけされて体が小さく震える。

ルカの熱い吐息が肌をくすぐり、ニーナは身を捩りながら彼の腕に摑まった。

鎖骨のくぼみに這わされた舌が、徐々に肩口へ移動していく。肩を軽く噛まれ、びくっと体が反応したことに戸惑った。肩も性感帯になるのか。

「……え……ぁ……んん……」

歯を立てながら舌でチロチロと肩を舐められ、胸を持ち上げるように撫でられる。胸の外側から内側へ円を描くように指が動いた。

ニーナは目を瞑り、ルカが与えてくれる刺激に意識を集中する。

胸の形と柔らかさを堪能するようだった動きは次第に変わっていき、てのひらで先端を押し潰したと思ったら、硬くなったそこを避けるように周りを指が這った。

じわじわとした甘い疼きに身を任せていると、突然、ぴりっとした刺激に襲われる。

「……っああ……！」

びくっと体が跳ね、驚きで開いた目に映ったのは、先端を口に含んでいるルカの姿だった。彼はニーナの顔を見ながら、ぺろりと先端を舐め上げる。甲高い声が漏れてしまうほど強い刺激に加え、官能的なその姿にニーナの頬は一瞬にして赤く染まった。

濡れた舌が硬くなった部分を下から上へ舐め上げ、ちゅっと唇で吸いつく。昨夜と同じ熱の塊が体の奥で大きくなるのが分かった。

「んん……ぁ、ルカ様……ぁぁ……」

無意識のまま名前を呼ぶと、敏感なそこを舌先でぐりぐりと押してきた。しかも、同時にもう一つの乳房の先端を指で摘まむ。

一気に押し寄せてきた快感に背筋が反った。むずむずとした疼きから刺すような快感に変わる。

強く押し潰されたと思ったら優しく吸われる、という愛撫を交互に繰り返されて、体がずっと小刻みに震えていた。

「あ、も……やぁ……」

胸が敏感になり過ぎて、これ以上続けられたら泣き出してしまいそうだった。

ニーナがふるふると首を振ると、ルカは手を胸から腰へと移動させた。その手がズボンと下着をニーナから剝ぎ取る。

生まれたままの姿になったことに気がついていたが、舌による胸への愛撫が絶え間なく続けられていたので、羞恥《しゅうち》を感じる暇《ひま》はなかった。

腰骨をなぞるようにルカの手が動く。くすぐったさに身悶《みもだ》えすると、胸の先端がルカの口から離れた。その瞬間、ニーナは胸を隠すように素早く彼に背を向ける。

強過ぎる快感に耐えられず、少し休みたいと思ってしまったのだ。

すると、ルカの唇がうなじに吸いついてきた。きゅっときつく吸われ、そのまま背筋に沿って舌が這う。

「んん……！　あぁ、はっ……ん……っ！」

体が跳ねるような快感が、背筋から全身に駆け巡った。喉と背がのけ反る。手元にあった枕をしっかりと抱き締めていないと、どこかに飛んでいってしまいそうだった。

腰のくぼみまで這ってきた舌が、触れる強さを変えた。尖らせた舌で抉るように舐め、強めに嚙みつく。

声にならない声を口から吐き出し、ニーナは思わず腰を高く突き出した。どうしたらい

いのか分からない刺激から逃れたい一心だったのだが、まるで臀部をルカに押しつけるような格好になってしまった。

それに気がついた時にはすでに遅く、ルカは双丘に口づけていた。柔らかな部分をきつく吸い上げ、胸を愛撫するように両手で包み込む。

下から持ち上げるように双丘を揉んでいた手が、左右に広げるような動きになった時、今の体勢がルカに秘部を曝け出すようになっていることに思い至った。

ニーナは慌てて腰を下げようとしたが、ルカの手がそれを阻止する。腰を突き上げた状態で、彼の舌が内ももからさらに中心部へ進んでいった。

「待っ……て、ルカ様、駄目ですっ……！」

ルカの手を摑んだが、ニーナの抵抗などものともせず、彼は腰をもっと高く持ち上げて秘部に顔を近づけた。

舌が割れ目に触れる。ぬるりとしたのは、ルカの唾液なのかニーナの愛液なのかは分からないが、舌が動き出すとすぐにぴちゃぴちゃという水音が響いた。

「はぁ……ん、んん……あ、やぁ……」

柔らかいルカの舌が、何度も割れ目を往復する。びくびくと体が震える度に愛液が溢れ出るのを感じた。それを啜られると居たたまれない気持ちになる。

身を捩っても刺激の強さは変わらず、ニーナは荒い息を吐き出しながら枕に顔を埋めた。

生理的な涙が溢れてきて枕を濡らしていると、丁寧に愛液を舐めとるように動いていた舌が、突如膣内に侵入してきた。

「んっ……！」

体内に侵入してきた異物を排除するように、下腹部にぐっと力が入る。そのせいで、余計に舌の動きを意識してしまった。

膣内の入り口で出たり入ったりを繰り返した後、不意に舌が秘部から離れる。直後、細くて硬いものが浅く入り込んできた。

「あぅ……ん、いた……んぅぅ……！」

僅かな痛みを感じたが、すぐに別の突き抜けるような快感によってそれがかき消される。指が膣内に入り込むと同時に、秘部の先端にある敏感な花芯をきゅっと摘まれたのだ。

撫でるように花芯を愛撫されると、思考が止まるほど強い刺激に全身が支配され、ぶるぶると太ももが震える。

強烈な快感に気を取られている間に、膣内の圧迫感が増していた。指が何本入っているのか見当もつかないが、ゆっくりと慎重に慣らしてくれているようで、痛みはほとんど感じない。

ぐちゅぐちゅという水音が次第に大きくなり、指が内壁を広げるような動きになったその時、ある一点をぐっと押されて飛び跳ねるように体が痙攣した。

「あぁぁん……！」

思いがけず、甘えるような大きな声が出た。怖いくらいに感じることが嫌で、ニーナは壊れたように何度も首を振る。

「や、です……それ、嫌……あぁ、やぁ……！」

嫌だと言ってもルカは動きを止めてくれない。ぐりぐりとその部分を優しく強く刺激し続けられ、快感が急激な速度で膨れ上がった。

「……も、駄目……や、もう、だめ……！」

呼吸が乱れ、頭の中が霞がかって何も考えられず、同じ言葉を何度も繰り返す。体の中で大きくなる愉悦を受け止めきれず、全身がぶるぶると震えた。

「ルカさ……あ、あんん……ルカ様、や、あぁ……！」

止めてください、と必死に懇願しているのに、振り返るようにして見たルカはうっすらと笑みを浮かべてじっとニーナを見つめていた。

目を細め、ルカは口を開く。

「ニーナ」

ニーナの大好きな声で、優しく名前を呼ばれた。それだけなのにニーナの胸はルカへの想いでいっぱいになり、その瞬間、頭の中で何かが爆発した。

「……っっ……ぁ……あ……」

ひゅっと喉を鳴らし、声にならない声を枕に吐き出して、ニーナはがくがくと痙攣した。太ももが引き攣ったように震え、下腹部に痛いくらいに力が入る。

頭の中は完全に真っ白で、無理やりのように押し上げられた快感にただ身を任せるしかなかった。

「いい子だ」

耳元で囁かれた声にぴくりと反応したが、弛緩し始めた体は言うことを聞かず、意識もはっきりしない。

しかし次の瞬間、焼けるような痛みを膣内に感じ、ニーナは目を見開いた。

一瞬にして意識が覚醒し、目の前にルカの顔があるのを認識する。いつの間にか仰向けになっていて、彼が覆い被さっていた。

「……いっ……た……ぃ……っ！」

熱くて硬いものが入り口を抉《こ》じ開けて体内に入り込もうとしている。激痛がじわじわと全身に行き渡った。

「すまない……」

顔を顰めて痛みに耐えるニーナを見下ろしながら、ルカも同じくらいつらそうな顔をしていた。眉間にしわが寄り、歯を食いしばっている。

「ルカ様、ぅ……怪我が……痛むのですか……？」

息も絶え絶えに問いかけると、ルカは泣きそうな顔で笑った。そしてニーナをきつくかき抱く。

強く抱き締められ、その苦しさでしばし膣内の痛みを忘れた。

「俺はどこも痛くない。痛いのは君だろう？」

痛くないと言いながらも、苦しそうな声だ。

「いいえ……ルカ様から、与えられる……ものは、全部、幸せです。痛くても……痛くないのです……」

ニーナはルカの背中に手を回し、ぎゅうっと彼に抱き着くと肩にある傷痕に口づけをした。

たとえ、ルカのものが大き過ぎて中が引き攣れていようと、彼に与えられるものならば何でも〝嬉しい〟に変わるのだ。

「私、幸せです。……幸せ過ぎて、怖いくらいです……」

屋敷を出る前までは、ルカと結ばれる未来なんて本気で考えることはできなかった。こんなふうに気持ちと体を繋げることになるなんて、予想もしていなかった。

愛する人に愛されようとしていなかったのに、今では愛されて怖いくらいの幸せを感じているのだ。

こんなに幸運な人間はいるだろうか。きっとニーナがこの世で一番の幸せ者だ。

ルカが一緒にいてくれるだけで、一生幸せ者のままでいられる気がする。

「俺も。君がいてくれるだけで、生まれてきて良かったと心底思う」

甘い甘い声で、ルカは囁く。誰よりも何よりも大好きなその声に、ニーナの瞳から新たな涙がぽろりと零れた。

ルカを好きになって良かった。今までの人生を思い出せないくらいにルカのことだけで頭の中がいっぱいだ。

「ルカ様……」

頬をすりすりとルカの頬に擦りつける。すると、絞り出すような呻き声が聞こえた。

「……すまない、我慢の限界だ」

言葉の意味を理解する前に、ルカが小さく揺すりながらさらにぐぐっと膣内に怒張《どちょう》を突き入れた。

「……っ……！」

まだ全部が入ったわけではなかったらしい。これ以上入らないと思うところまで、猛りが入り込んできた。

抱き合っていた間に馴染んだのか、先ほどよりも痛みはなくなったが、整いつつあった呼吸が圧迫感で再び荒くなる。

「大丈夫か？」

心配そうに顔を覗き込んでくるルカの息も荒い。

ニーナは何度も首を小さく縦に振り、痛くはないことを伝える。するとルカは安心したように笑ってから目を閉じ、何かを耐えるように眉間のしわを深くした。

「動くぞ」

言い終わらないうちに、ルカの腰が揺れた。ずるりと出口に向かった怒張が、完全に抜ける前に再び挿入される。それをゆっくりと何度も繰り返した後、すべてを収めた状態でぐるりと円を描いた。

「……は、あ……んぁ……」

指で刺激されたところに掠ったらしく、甘い吐息が漏れる。ルカが慎重に動いてくれたので、中は痛みよりもじんわりとした甘い疼きを感じるようになったようだ。

ニーナの変化に気づいたのか、ルカは動きを速めた。その動きについて行こうと逞しい背中にしがみつく。

「ああ、んん……ぃ……ぁあん……」

ルカの指が首筋を這い、鎖骨を引っ掻く。その刺激で膣内がぎゅっぎゅっと収縮した。中で蠢いている怒張がさらに大きくなり、擦れる部分が変わる。

瞬間、瞼の裏に火花が飛んだ。言葉では言い表せないくらいの強大な快感が全身を走り抜け、今までで一番甘い嬌声《きょうせい》が響く。

感じる場所を力強くがんがんと突かれ、その度に息が止まった。

「も、だ……めっ……!!」

悲鳴のような声が口を衝いて出て、膣内に発生した燃えるような熱と快感が全身をぐるぐると駆け巡る。

はっ……と苦しそうに息を吐き出したルカが、容赦なくニーナの体を揺すった。しがみつく力もなくなり、ニーナはシーツに両手を下ろす。残っている指の力だけでシーツを摑み、激しく揺さぶられるままでいるしかなかった。

「ああ……ぃ……あ、あ、もぅ……っっ!!」

体が硬直したようにぐっと丸まる。びくんびくんっと大きく痙攣すると、膣内の猛りがいっそう大きくなるのを感じ、直後、熱い白濁が吐き出されるのが分かった。

どくどくと脈打つ怒張は、いつまで経っても勢いを失わない。

「……あ……んん……」

全身から力が抜けた後も、膣内で存在を主張しているもののせいで体がびくびくと跳ねた。

荒い呼吸を繰り返し、ルカがニーナに覆い被さってきた。ずっしりと重みのある体に、安心感と幸福感を得る。

「ルカ様……」

激しい運動をした後のように、少し掠れた声で名を呼べば、ルカは口づけをしてくれた。

そして潤んだ瞳でじっとニーナを見つめてくる。

「……ルカ様？」

まさか、その目は……と眉を寄せるニーナに、ルカはにっこりと微笑んだ。と思ったら、何も言わずに再び腰を揺すり始める。

「え？　……ええっ！　……あぁん……！」

驚いている暇もなく、ニーナは再び、頭がおかしくなるほど気持ちが良くて幸せな奔流《ほんりゅう》に呑まれていくのだった。

❀❀❀

翌日。

ルカは侍従たちが村を去ったことを確認してから、ニーナを連れてある場所へ向かった。

隣国への道の途中にちょっとした広場があり、そこに馬車と必要な荷物を用意してあるとエドガルドが言っていたのだ。

広場に着くと、その端に馬車は停まっていた。何の変哲もない庶民向けの馬車だ。地味な服装の御者が、ルカを見て少しだけ帽子を上げた。

「あの馬車だ」

馬車に近づくと御者がドアを開けてくれたので、先に乗るようにニーナを促した。すると、中を覗き込んだ彼女が悲鳴のような声を上げる。

「あ！　あの時の幽霊！」

――幽霊!?

ルカははっと思い当たり、怯えるニーナの肩を抱き寄せて中を覗き込む。

長い足を組んで悠々と座席に収まっていたのは、長い金髪を一つに括った遊び人風の男だ。

「なんであんたがここにいるんだ！」

思わず大きな声を出してしまってから、ルカはこほんと咳払いをする。そして、声をひそめて言い直した。

「こんなところにいていいのか？　王弟っていうのはよほど暇なんだな」

「王弟殿下……」

ニーナが大きく目を見開く。目の前にいる男が幽霊ではなくルカの本当の父親だと知ると、ちらちらとルカと王弟を見比べ始めた。なかなかに図々しい。

王弟アルフォンスはさっと足を組み直し、ニーナに向かってにっこりと微笑んだ。女性に好かれることを計算した笑みだ。

ルカは素早くニーナを自分の背に隠し、『何の用だ？』と視線だけで問う。するとアルフォンスは、片眉だけを器用に上げた。

「少し君と話したくてね」

アルフォンスをじっと見つめてから、ルカは振り向いてニーナに言った。

「ニーナ、少しだけここで待っていてくれ。すぐに済むから」

「はい」

素直に頷くニーナを残し、ルカは馬車に乗り込んでアルフォンスの斜め前に座った。すると、すぐに御者がドアを閉める。

窓の外で、ニーナが御者に話しかけるのが見えた。声は聞こえないので何を話しているのかは分からないが、彼女の表情はにこやかだ。あれが彼女の処世術というものなのかもしれない。

「心配しなくても、御者は私の腹心の側近だ。彼が新しい住居に連れて行ってくれる。必要な荷物はそこに全部揃っているよ。もちろん、彼女の分も」

「それはどうも」

手抜かりなしと得意げな顔をするアルフォンスに、ルカは素っ気なく礼を言う。元はと言えば、この男のせいで新しい人生を歩むことになったのだから、それくらいはしてもらわないと割に合わない。あの屋敷を出られたことにだけは感謝しようとは思うが。

「まさか君に利用されることになるとは思っていなかったけど、それも悪くない」

ふふふ……と声を上げて笑うアルフォンスをルカはぎろりと睨む。

「何を言っているんだ？」

「ひどいな。君の思惑通りに動いてあげた私に対して、他に何か言うことはないのかな？」

何もかもお見通しだという顔で、アルフォンスはルカを見つめている。視線を逸らしたら負けのような気がして、ルカは彼を睨み続けた。

「まあ、いいか。父としてできることなんてこれくらいだからな」

そう言って今度は優しくニッコリと微笑んだアルフォンスは、崖で会った時とは違い、吹っ切れたような顔をしていた。

昨日、崖から落とす案山子の準備をしようとしていたルカの前に現れたアルフォンスは、ルカを抱き締めて「すまない」と一言だけ発してすぐに去って行った。

かつて愛した女性の面影をルカに見たのか、その子供が虐待されていたことを知って可哀想に思ったのか、彼の表情は痛々しかった。

ニーナ以外の人間に初めて抱き締められ、しばらく硬直していたルカだが、きっと二度と会うことはないだろうと思い、その出来事を忘れることにしたのだ。

それなのに、まさか再び会いに来るとは……。

「ひとこと言わせてもらうとすれば……」

先ほどのアルフォンスの言葉に答えるため、ルカはふう……と息を吐き出してから続けた。

「結婚するつもりがないんなら、避妊はちゃんとしろよ」

軽い皮肉として言ったつもりが、アルフォンスはすっと表情を消した。

「つらい思いをさせたね」

ぽつりと言われた言葉に、ルカは目を伏せる。

「別に。あんたの資産から一生不自由しないくらいの慰謝料はせしめられたし、自分の身は自分で守らなければ生きていけないと学んだ分だけ、俺は弟よりマシな人生だと思っているよ」

強がりではなく、本音だった。

「そうだな。男爵家はもう破産寸前だ。それなのにマダムへの違約金も支払わなければならないのだからな。君の弟は何も知らないまま破滅の道を歩むのだろうね」

何の感慨もなくアルフォンスは頷いた。元恋人の手助けをする気は一切なさそうだ。自分を捨てて欲に走った人間に情けをかけようとしないのは当然だろう。

ルカは初めから家族への愛情というものがないので、男爵家がどうなろうと関係はない。彼らの行く末が悲惨なものでも、嬉しくも悲しくもなかった。

ただ、こうなることが分かっていただけだ。

ルカが伏せていた目を上げてアルフォンスを見ると、彼はにやりと笑った。

「そういえば、マダムに近づいたのは君からだったらしいね。最初から彼女と私たちを利用する気だったということかな?」

すべてを知っていて、わざとそういう質問の仕方をするアルフォンスは意地が悪いとしか言いようがない。

「さあ。どうだったかな」

とぼけたが、彼の言う通りだった。

ルカはパーティーでアルフォンスを見た時から、彼を利用する気でいた。そのパーティーでマダムに見初められたのはたまたまだったが、彼女も利用できると思って思わせぶりな態度をとったのは確かだ。それに、エドガルドが計画にマダムを取り入れたのは、ルカが彼女に気に入られたことを話したからだった。

文句は受けつけないという気持ちでアルフォンスを睨んでいると、彼はふわりと笑った。この男は笑顔を使い分けるのが得意らしい。最近やっと微笑ができるようになった自分も、将来は彼のようになるのだろうか。

「君と会えて良かった。彼女と同じような切ない演奏も聴かせてもらったし……満足だよ。あそこは初めて彼女と会った場所なんだ。思い出が美し過ぎてね。未練がましくピアノの整備をしていたんだよ」

彼女とは母のことだろう。聖堂での演奏のことを言っているのか、アルフォンスは懐かしそうに目を細めた。

ああ、だから古いピアノなのに音が出せたのか……と納得する。あの時ニーナが見た幽霊が彼だと崖で会ってから気がついたが、いまだにフラフラと遊び歩いているのかという印象しか抱かなかった。けれど、彼は彼なりに意味があって行動していたらしい。

たまに本邸から聞こえてくるピアノの音は母が弾いているものだったと知ってはいたが、自分の音色が彼女と似ているということは言われるまで分からなかった。もしかしたら、ルカの部屋にあったピアノは彼女にほんの少しだけあった情けの心なのかもしれない。

だからと言って、母に対して何らかの感情が湧くかと言えば、そんなものは一切生まれてこないのだが。

「二度と会うことはないと思うけど、どうか元気で」

アルフォンスは腰を上げながら言った。それを合図としたように、御者がドアを開ける。

「そっちも」

元気で、と言葉にはしなかったけれど、アルフォンスは小さく頷いた。もう一度、彼はルカの顔をじっと見つめてくる。

「幸せに」

馬車を降りる間際に、アルフォンスが囁いた。一言なのに、愛情に溢れているように感じた。父としての最後の言葉なのだろう。

ルカは頷き返し、アルフォンスと入れ替わるように乗り込んできたニーナを思い切り抱き締めた。

自分の幸せは、もうここにあるのだ。

エピローグ

ルカの生家が売りに出され、男爵家が一家離散したと聞いてから数年が経った。

隣国の新しい家で、ニーナとルカは慎《つつ》ましく暮らしていた。

ニーナは近所にある診療所や聖堂の手伝いをしている。そしてルカは、ピアノの演奏者として収入を得ていた。とは言っても、頻繁に仕事が入るわけではないが。

二人が暮らしている家は、小さいながらも一つひとつの部屋が広く、調度品は見る人が見れば一級品だと分かるくらいのシンプルなものばかりだった。もちろん、リビングの端にはピアノもある。

いつもは二人分の食事が並んでいる食卓に、今日は四人分の料理が並んでいる。ニーナが朝からはりきってたくさん作ったのだ。

「豪華だな……」

手間がかかる肉料理や新鮮な魚も並んでいるのを見て、ルカが感嘆の声を上げた。

「だって今日は……」

うきうき気分で話している最中に、玄関からノックの音が聞こえた。ニーナは言葉を切り、素早く玄関に向かう。

「いらっしゃい！」

誰が来たのかも確認せずに扉を開けるニーナに、ルカが渋い顔をしたのが見えたが、今日はそれも許してほしい。

ニーナは満面の笑みで、目の前に立っている人物を見た。

艶やかな黒髪を上部で結い上げ、きっちりとした服の着こなしをしているところは、変わっていない。

「ヴィオラ！」

数年ぶりの再会に喜び、彼女に抱き着こうとしたニーナは、寸前で体の動きを止めた。

「久しぶりね、ニーナ」

落ち着いた微笑みを浮かべたヴィオラは、ニーナによく見えるように腕の中でもぞもぞと動くそれの角度を変えた。

「ジャックっていうのよ」

ヴィオラの腕に抱かれているのは、ぷっくりとしたほっぺの赤ん坊だった。ジャックという名前のその男の子は、ニーナを見てにこにこと笑う。

「ヴィオラの子供!?　しかもこんな大きい!!　エドガルド様、去年来た時にはそんなこと言っていなかったじゃないですか!!」

目を大きく見開いたニーナは、ヴィオラの後ろにいるエドガルドに食って掛かった。

「訊かれなかったから言わなかった」

にこりともせずにエドガルドは答えた。

毎年様子を見に来てくれるエドガルドだが、屋敷に来ていた頃の気品溢れる好青年の面影はまったくなかった。こちらが本当の姿で、ルカの友人のふりをしていた時は、男爵に身元がバレて警戒されないために好青年を演じていたらしい。

「連絡できなくてごめんなさいね。エドガルドがニーナの連絡先を教えてくれなかったから手紙も書けなかったの」

ヴィオラが申し訳なさそうに謝る。

ニーナはそれに対し、「ヴィオラは悪くないです」と首を振った。

「その節は、突然いなくなってすみませんでした。恩人のヴィオラに何も言わずに国を出たこと、ずっと気にしていたのです。私たちのためにいろいろと尽力してくれたそうですね。ありがとうございます」

ヴィオラに頭を下げてから、ニーナはエドガルドを睨み、きつい口調で訴える。

「エドガルド様も協力してくださった恩人ですが……後処理が済むまで私たちのことはヴィオラにも言えなかったのは分かりますけど、去年もその前の年も顔を合わせているのですからせめてあなたたちのことくらい口頭で伝えてくださいよ！　子供ができたなんて大事なことを言い忘れるなんて、その年でもうボケたんですか！」

そうなのだ。エドガルドとヴィオラはいつの間にか結婚していたのだ。それをエドガルドからさらりと伝えられたのは一昨年だが、まさか子供ができているとは思わなかった。

エドガルドはあの後、正式に王弟の側近となった。資金繰りがうまくいかなくなった男爵家が一家離散しヴィオラが無職になったところですかさず求婚したらしい。何度も断られたらしいが、エドガルドの粘《ねば》り勝ちで結婚に至ったという話だ。

「訊かれなかったから……」

「それはもういいですよ！」

同じ言葉を繰り返そうとするエドガルドを、ニーナは思い切り引っ掻いてやりたい気分になる。

ニーナを利用したこともまだ根に持っているが、結婚報告が遅かったこと、子供ができたのに言わなかったこと、そして何よりも結婚相手がヴィオラだったということ。エドガルドに攻撃したくなる要素はたくさんあった。

ニーナが怒ったせいか、ジャックの顔がくしゃっと歪む。それを見て、ニーナは慌てて笑顔を作った。

「怖くないですよ〜。さあ、入ってください。食事の準備をして待っていたのですよ」

体をずらして彼らを家の中へ招くと、ニーナとエドガルドのやり取りを見ていたルカが、苦笑しながら食堂の入り口に立っていた。

ルカは二人と軽く挨拶を交わし、ヴィオラに微笑みを向ける。

両目の色の違いを隠すために以前と変わらず前髪は長いが、ここ数年でルカの表情は豊かになった。本人曰く「表情筋が鍛えられて動くようになった」そうだ。

ルカの笑顔を見て驚いた様子のヴィオラだったが、すぐに嬉しそうに笑った。それを見たエドガルドは面白くなさそうな顔になり、突然ヴィオラの肩を抱いてその頰に口づけた。

「ちょっと……！」

驚いたヴィオラが、エドガルドを押しやろうとするがびくともしない。

「ルカ様、エドガルド様ってむっつり……」

「そうだな。ああいう硬派を気取っている男が一番性質《たち》が悪いんだ」

ニーナが小声……とも言えない普通より少しだけ小さい声で言うと、ルカも彼らに聞こえる音量で同意した。

それを聞いたヴィオラは頰を染め、エドガルドは僅かに眉を寄せる。

「ニーナ、夫婦になっても君はルカ様と呼んでいるのか？」

反撃のようにエドガルドに問われたが、ニーナは堂々と胸を張った。

「はい。呼びやす過ぎて、何て言うかもう……あだ名みたいなものです！」

「それでいいのか？」

今度は、ルカに対してエドガルドは問う。

ルカが王弟の息子だと知っているエドガルドだが、敬語だと万が一誰かに聞かれた時に変に思われるため、普段から友人のように話すことにしているらしい。……が、ただ単に敬語を使いたくないだけだと思う。

「そういうプレイみたいでいいんじゃないかな」

ルカは平然と頷く。その発言に目を丸くしたのはヴィオラだった。

「……ルカ様、そんな性格でしたか？」

ヴィオラの中のルカは、体が弱く、父親に虐待され続ける儚げな少年のままなのだろう。冗談を言うどころか、人とあまり話そうとしなかった昔のルカを知る人間なら、今のルカを不思議に思っても無理はない。

「ヴィオラ、彼はもう屋敷にいた頃の〝ルカ様〟じゃない。どこにでもいるような普通のスケベな男になったんだ」

むっつり発言を根に持っているようで、エドガルドの説明には悪意があった。

それでもルカは肩を竦めるだけで反論はしない。代わりにニーナが口を開こうとしたが、ルカに止められてしまった。

それから、ニーナとエドガルドの一触即発の雰囲気はちょこちょことありながらも、和やかな食事が始まった。ニーナとヴィオラはお互いの近況を話し、ルカたちは国の情勢など難しい話をしている。

そして食事が終わり、後片付けを済ませてから、ニーナは長旅で疲れているであろうヴィオラを休ませるために、ジャックの世話をすることにした。

「ルカ様！　ルカ様！　この子、すごくハイハイが速いんですけど！　なんですか、この筋力。エドガルド様似ですか？　顔はヴィオラ似なのに」

ジャックのハイハイの速さは驚異的で、小走りじゃないと追いつかない。診療所でたまに赤ちゃんの世話をすることはあるが、こんなに行動的な赤ちゃんは初めて見た。

高速ハイハイを見たルカは、真面目な顔で顎に手を当てた。

「将来大物になりそうだな。きっと父親を倒す男になるだろう」

「エドガルド様以上の大男ですか。威圧的ですね」

つい棘《とげ》のある言い方をしてしまうのは仕方がないと思う。エドガルドの態度が気に入らないのもあるが、一番はヴィオラをちゃっかりと嫁にしたことに納得がいっていないのだ。

ヴィオラは美人で性格も良くて、よそ者のニーナにも優しくしてくれた女神様のような素晴らしい女性だ。しかも家事も完璧で、お嫁さんにしたい侍女ナンバーワンだったのだ。

それをぽっと出のエドガルドがあっさりと手中に収めるとは……。

ニーナとしては、もっと優しくて穏やかで懐の深い人と結婚してほしかったのだが、この無愛想男をヴィオラが選んだのなら仕方がないと、渋々自分を納得させたという経緯がある。

エドガルドがヴィオラと結婚したと報告してきた一昨年から時間をかけて、やっと受け入れられるようになったのに、いつの間にか子供までできていたという事実。

ヴィオラの子供なので可愛いが、この子がエドガルドのようになるのかと思うと眉間にしわが寄る。

「……俺たちはそろそろ帰る」

ニーナの葛藤を知ってか知らずか、エドガルドがヴィオラの肩を抱いて椅子から立ち上がった。

「え～！　今来たばかりじゃないですか！　もっとヴィオラと話したいです」

ここに来てから何時間も経っていない。エドガルド一人なら引き留めはしないが、ヴィオラが帰ってしまうと思うと駄々をこねたくなる。

「そうよ。まだ早いわ。あ、そういえば、預かった荷物も下ろしていなかったんじゃない？」

「あ……」

ヴィオラの言葉に、エドガルドが小さく声を上げた。

それから二人は慌てて玄関を出て行ってしまった。外に停めてある馬車に荷物を取りに行ったらしい。

しかしすぐにエドガルドだけが戻ってきて、ルカに「手伝ってくれ」と言ってきた。

エドガルドに連れられて出て行ったルカの後ろ姿を見ていたほんの一瞬の隙に、ジャックが再び高速ハイハイを始める。

「ちょっとちょっと！　ハイハイが速過ぎます！　そんな勢いよくそっちに行ったら……」

ニーナは焦ってジャックの後を追う。彼が向かっているのは、全開の窓の向こうにあるバルコニーだ。

「あ――――!!」

ジャックが、地面から少し高くなっているバルコニーの柵《さく》に頭を突っ込んだ。赤ちゃんくらいの大きさなら、柵の間をすり抜けてしまう。

ニーナはとっさに手すりから身を乗り出し、柵の間から地面に降りようとしているジャックの胴体を掴んだ。

柵の外側でジャックを持ち上げようとしたせいか、上半身のほうが重くなりバランスを崩す。手すりを軸にして下半身が上に持ち上がったので、ジャックを庇うためにぐるりと体を反転させた。

そのまま背中を地面に打ちつける覚悟で目を瞑ったら、覚えのある感触の上にどさりと落ちた。

「君は、何度落ちれば気が済むんだ」

目を開けると、呆れ顔のルカの顔が間近にあった。地面に落ちる前に、ルカが抱き留めてくれたらしい。

「すみません、ルカ様！」

一階だし、バルコニーの高さはそれほどではないので掠り傷程度の怪我しかしないが、それでもルカは助けに来てくれた。抱え込んだジャックも無傷だ。

「大丈夫⁉」

すぐにヴィオラとエドガルドも駆けつけてきたので、ニーナは立ち上がり、謝りながらジャックをヴィオラに渡す。

「いいのよ。この子、うちでもよく同じようなことをしているから。危ないから防波堤《ぼうはてい》を作っても、それを乗り越えるのよ。しかも、いつも無傷なの。……すごいわよね」

我が子の逞しさに少し引いているヴィオラだが、エドガルドはジャックのすごさに何の疑問も抱いていないようだった。きっと彼も、ジャックのような子供だったのだろう。

「そうだわ。ニーナ、これ……」

ヴィオラは片手にジャックを抱き、もう片方の手に持っていたものをニーナに差し出した。

「あ！　宿に置いてきてしまったストール！」

ルカが死んだと絶望の涙を流した時に握っていたストールだった。あの時は涙で濃い緑になっていたが、今は綺麗な薄緑色に戻っている。

「エドガルドが持って帰ってきたのよ。それで、誰にも漏らさないことを約束させられて、ニーナとルカ様のことを聞かされたの。詳しくは知らされなかったけど、二人が無事で隣国に逃げたことだけは知ることができたわ」

さすがにルカが王弟の息子だということはヴィオラにも話していないらしい。エドガルドは、あの宿の時と同じような無表情でストールを見ている。

「これをニーナに返そうと思って持ってきたのよ。気に入ってくれていたでしょう？」

「……ありがとうございます」

ニーナはストールを受け取り、ぎゅっと抱き締めた。あの時の気持ちが一気に思い出され、少しだけ切ない気分になる。

「幸せになりましょうね、ニーナ」

ニーナの生い立ちを知っているヴィオラは、母親のように優しい顔でにこっと笑った。

ニーナは大きく頷き、ジャックごとヴィオラを抱き締める。

「エドガルド様に泣かされたら、すぐに教えてください。私が報復します」

本気で言ったのだが、ヴィオラは声を上げて笑った。

「ええ。その時はお願いするわ」

それからしばらく抱き合っていたのだが、ヴィオラは不機嫌そうなエドガルドに連れて行かれてしまった。これから何日かかけてこの国の各地を見て回るらしい。

エドガルドを恨めしく思いながらも、ニーナは笑顔で馬車を見送る。

「また来年も来るらしい」

寂しさを隠せずにいるニーナに、ルカが慰めるように言った。

「はい。来年には、ジャックは走れるようになっているんじゃないでしょうか……」

「危険だな」

「危険ですね」

来年のジャックの姿を想像し、二人で笑いながら家の中に戻った。すると、先ほどまではなかったものがリビングに置いてあるのに気がついた。

「これは……」

ニーナがきょとんとしていると、ルカは困ったように笑った。

「君たちが抱き合っている間に、俺とエドガルドで運び込んで組み立てた。……王弟からだそうだ」

ヴィオラと感動的な会話をしている間に運び込み、あまつさえ組み立ても終えたという木の枠でできたそれは、小さいが高さのあるベッドだ。

「初孫はまだか、というのが王弟からの伝言らしい。この先、自分の手で抱けないことをかなり悔しがっているそうだ」

「気が早いですね」

予想外の贈り物に、ニーナは実感がないままぼんやりとそれを眺めた。

ルカが背後からニーナを抱き締めてくる。その腕は優しいだけではなく熱もこもっていた。

「子供……」

呟くと、ニーナの脳裏には先ほどまで一緒にいたジャックの姿が浮かんだ。

「君に似るといいな」

甘い声でそんなことを言われ、ニーナは思わず振り向いてルカの顔を見る。

「……前に、愛せる自信がないと言っていたので……欲しくないのだと思っていました」

「君が愛を教えてくれたから、今の俺なら愛せる自信がある」

優しい眼差しで見つめられ、ニーナは鼓動を速めながらぎこちなく笑う。

「ルカ様に似たほうが可愛いです。絶対に」

「そうか……」

微笑んだルカの顔があまりにもかっこよくて、ニーナがうっとりと見惚れている間に抱き上げられた。

『幸せになりましょうね』

ふとヴィオラの言葉を思い出した。

ニーナは十分に幸せだった。自分にこんな幸せが訪れたのが夢のようである。

ルカがいれば、どんな状況でも幸せだ。

だから――。

「私、ルカ様を幸せにします」

ベッドに押し倒されながらそう言うと、ルカは笑った。彼は笑う度に笑顔が綺麗になっていく。

「じゃあ、幸せにしてもらおうかな」

楽しそうに頷くルカをもっと幸せにするために、ニーナは心を込めて口づけをしたのだった。

番外編　再会時のニーナとヴィオラ

食事後、食器を流し台に運んでくれたヴィオラの手を、ニーナはそっと握った。

「ヴィオラ、私をルカ様に引き合わせてくれて本当にありがとうございます」

ずっと言いたかったのだ。それ以外にも、出会ってから今まで親切にしてくれたこと、男爵家の使用人に誘ってくれたこと、すべてを含めて感謝をする。

するとヴィオラは、「私もニーナに感謝しているの」と言った。

「ニーナはルカ様に邪険にされても、めげずに何度も何度も話しかけに行ったでしょう。私にはそれができなかったから……。必要以上に深入りしないのが使用人の務めだと勘違いしていたの。あなたがいてくれたから自分の間違いに気づけたのよ。あなたのおかげで、私も……きっとルカ様も救われたわ。ありがとう」

そんなふうに思ってくれていたのか。

ニーナは胸が熱くなり、ただ首を振ることしかできなかった。涙ぐむニーナに、ヴィオラは優しく微笑んだ。

「大好きよ、ニーナ。あなたに会えて本当によかったわ」

「私も大好きです。ヴィオラに会えてよかった……！」

繋いだ手に力を込め、ニーナは涙を堪えて笑った。ニーナが笑うと、ヴィオラはいつも嬉しそうにしてくれた。だから彼女の前では笑顔でいたいのだ。

いつも優しく、ニーナを気遣ってくれたヴィオラ。男爵家を離れて数年、ニーナは彼女のことを忘れた日はなかった。

ヴィオラはどうしているのだろうと気になり、ニーナたちの様子を見に来たエドガルドに尋ねて、彼からヴィオラとの結婚を聞いたのが一昨年のことだ。あの時のショックは言葉では言い表せない。

そこまで思い出し、ニーナはふと、ある疑問が頭に浮かんだ。

「ヴィオラは、どうしてエドガルド様と結婚したのですか？　エドガルド様の何に惹かれたのか知りたいです」

「え？　……何にって……」

突然の質問に驚いたのか、ヴィオラは目を見開き、ちらりと背後に視線を向けた。

ルカとエドガルドは、世界情勢の話に夢中になっているため、こちらに注意を払っていない。エドガルドの腕の中にいるジャックも、なぜか難しい顔をして「あうあう」と男同士の会話に相槌を打っていた。

彼らの様子を確認し、繋いだ手を離しながらヴィオラはぽつりと言った。

「………手、かしら」

「手？　手ならルカ様の手が一番だと思いますけど」

ニーナは素直な意見を述べた。エドガルドの手を意識して見たことはないが、ルカほどすらりとしていないのは分かる。

ヴィオラは「ええ」と頷きながらも、少しだけ眉を寄せた。

「確かにルカ様の手は綺麗よ。でも、少し線が細いのよね。私はもっと筋張っていて男らしい手が好きなの」

ヴィオラの言う通り、ルカの手は男にしては線が細い。けれどニーナはそこが好きなので、『男らしい手』と言われてもピンとこなかった。

「エドガルド様の手がそれだったと？」

「ええ。理想的だったわ。大きさ、指の長さと太さ、爪の形、血管の浮き方、筋張り方、指の曲がり方……。挙げればきりがないけれど、彼の手はどの角度から見ても、それらが完璧だったの」

うっとりと好みの部分を細かく挙げていくヴィオラは幸せそうだ。

ニーナは首を傾げて、食卓にいるエドガルドを盗み見る。ジャックを抱いている彼の手は、確かに大きくて筋張っていて男らしかった。あれがヴィオラの理想の手らしい。

「ヴィオラがそこまで手にこだわりを持っているなんて知りませんでした」

「私も知らなかったわ。今まで無意識に人の手を見ていたみたい。エドガルドの手を見て、自分は手にこだわりがあるのだと自覚したのよ。彼がルカ様に会いに屋敷に来ていた頃は、存在自体が胡散臭くて完全に対象外だったのに……。人生って、いつ何があるか分からないわね」

ヴィオラは至極真面目な顔で頬に手を当てた。

同意しようとしたニーナだったが、次の瞬間、ブフォッとふき出していた。

初めて知ったが、ヴィオラはエドガルドのことを胡散臭いと思っていたらしい。彼女は誰にでも愛想が良いし嫌な顔をしないので、そんなふうに思っていたなんて気づかなかった。

「今思えば、エドガルド様は確かに存在自体が胡散臭かったですね！」

本当のエドガルドを知った今は、あの時の大袈裟な言動がおかしく思える。

お腹を抱えて笑うニーナにつられるように、ヴィオラも笑い出した。二人の笑い声が気になったのか、エドガルドが訝しげにこちらを見てくる。

「なんだ？」

〝好青年〞とはかけ離れた無愛想な顔だ。

「もう一度、以前のように愛想よく笑ってみてください」

ニーナがお願いすると、エドガルドは眉間に深いしわを寄せて一蹴した。

その顔があまりにも苦々しいものだったため、ニーナとヴィオラは顔を見合わせてさらに笑い声を上げる。

すると、ニーナたちがなぜ笑い転げているのか理解したらしいルカも、エドガルドの顔を見て笑い出した。

三人とも、頭の中に〝好青年〟のエドガルドを思い浮かべているのだ。それが面白くないらしいエドガルドは、三人から顔を逸らして唇を引き結んだ。

ニーナたちが笑っているからか、ジャックも楽しそうにきゃっきゃっと声を上げている。

そうして、家中に笑い声が響き渡った。幸せの音だ。

ヴィオラが笑いながらニーナの肩に手を置いた。ニーナも彼女の腰に手を伸ばし、再び顔を見合わせて笑い合った。

怖がることなく素直に手を伸ばせる。なんて素晴らしいことだろう。

ニーナは目を閉じる。すると、瞼の裏に両親とクロの姿が見えた。彼らは満面の笑みを浮かべている。

目を開けると彼らの姿は消えていたが、愛しい人々の笑顔があった。

ニーナは笑い過ぎて溢れ出た涙をそっと拭い、ヴィオラに凭れて笑い続けるのだった。

あとがき

こんにちは、水月青《みづきあお》と申します。この度は『薔薇色の駆け落ち』をお手に取ってくださり、誠にありがとうございます。

タイトルはあまりシリアスになり過ぎないようにと担当様が考えてくださいました。綺麗なタイトルなのに、変なことばかり言うヒロインで申し訳ございません。すぐに暴走する私の手綱を握ってくださる担当様には足を向けて寝られません。いつもありがとうございます！

みずきたつ様、ご迷惑をおかけして誠に申し訳ございませんでした。カバーイラストを見せていただいた時、あまりにも綺麗な色づかいで目を奪われました。ニーナの太ももばかり見てしまいましたが、ニーナが可愛くてルカが色っぽくて大興奮でした。ありがとうございます!!

ＫＭＭ様、苦しい時も黙って見守ってくれてありがとうございます。

最後になりましたが、みずきたつ様、担当様、デザイナー様、校正者様、営業の皆様、印刷所の皆様、書店の皆様、その他にもこの本に関わってくださったすべての方に、厚く御礼申し上げます。

そして、この本を手に取ってくださったあなた様に心より感謝申し上げます。

水月 青

Sonya
ソーニャ文庫

この本を読んでのご意見・ご感想をお待ちしております。

◆ あて先 ◆

〒101-0051
東京都千代田区神田神保町2-4-7 久月神田ビル
㈱イースト・プレス　ソーニャ文庫編集部
水月青先生／みずきたつ先生

薔薇《ばら》色《いろ》の駆《か》け落《お》ち

2017年3月7日　第1刷発行

著　　者　水月青《みづきあお》

イラスト　みずきたつ

装　　丁　imagejack.inc

D　T　P　松井和彌

編集・発行人　安本千恵子

発　行　所　株式会社イースト・プレス
〒101-0051
東京都千代田区神田神保町2-4-7 久月神田ビル
TEL 03-5213-4700　　FAX 03-5213-4701

印　刷　所　中央精版印刷株式会社

©AO MIZUKI,2017 Printed in Japan
ISBN 978-4-7816-9595-2
定価はカバーに表示してあります。
※本書の内容の一部あるいはすべてを無断で複写・複製・転載することを禁じます。
※この物語はフィクションであり、実在する人物・団体等とは関係ありません。

Sonya ソーニャ文庫の本

『旦那様は溺愛依存症』 水月青

イラスト shimura

Sonya ソーニャ文庫の本

料理じゃなくて俺を食え!

食べることが何よりも大好きな商家の娘レイリアは、伯爵家の嫡男ウィルフレッドと二年ぶりに再会する。幼い頃、彼にさんざん意地悪をされ、泣かされてきたレイリアは、彼が大の苦手だった。その彼に突然、宝石泥棒と疑われ、淫らな身体検査までされてしまい——!?

『世界で一番危険なごちそう』 水月青

イラスト 弓削リカコ

Sonya ソーニャ文庫の本

『君と初めて恋をする』 水月青

イラスト 芒其之一